巴金译文集

迟开的蔷薇

［德］斯托姆 著

巴金 译

浙江出版联合集团
浙江文艺出版社

汉斯·特奥多尔·沃尔德森·斯托姆(1817—1888)

巴金藏《蜂湖》(《茵梦湖》),商务印书馆
1933年1月国难后第一版

巴金晚年校订《巴金译文选集》中《蜂湖》一篇时的修改手迹

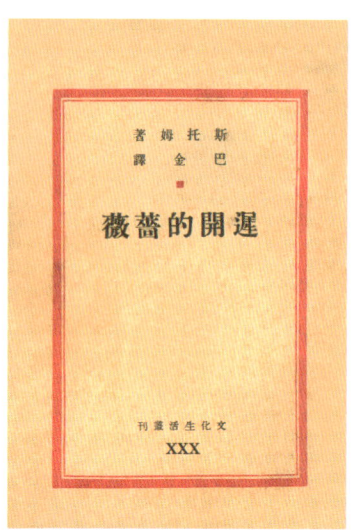
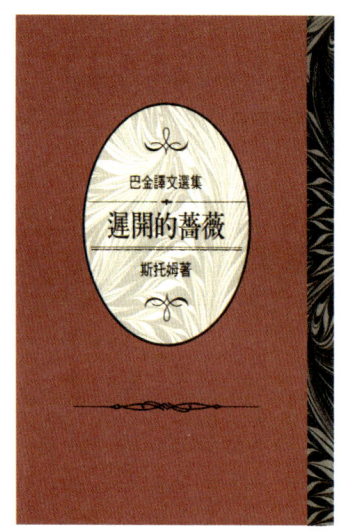
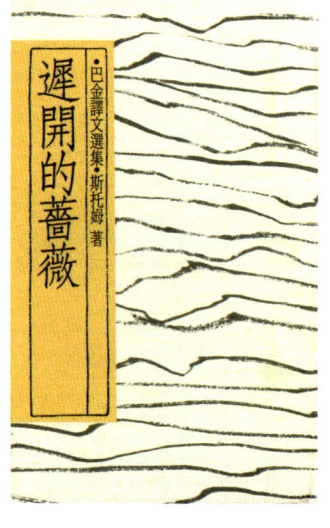

《迟开的蔷薇》部分中译本书影

出版说明

斯托姆（1817—1888）是德国诗人、小说家，一八四九年发表《茵梦湖》（本书译作《蜂湖》）之后，更是名声大噪。这部作品，在作者生前即印刷三十多版次。作者自认为，它是"德语诗文之明珠"，并希望在他身后，"还将长久地以其诗与青春的魔法抓住老少读者的心灵"。"诗与青春"是作者吟咏的主题，怀念往昔是作品忧郁的情调，这些情调在本书各篇作品中回旋，让读者读后也千肠百转。译者巴金说："对一些劳瘁的心灵，这清丽的文笔，简单的结构，纯真的感情也许可以给少许安慰罢。"

巴金在少年时代就喜欢斯托姆的小说，学习世界语时曾背诵过世界语译本，外出旅行时常带着斯托姆的书，"有空就拿出来念几段，我还可以背出一些"。在抗战期间，他翻译了这些作品，并表明："我不会写斯托姆的文章，不过我喜欢他的文笔。"

《迟开的蔷薇》一九四三年十一月重庆文化生活出版社初版；《在厅子里》一篇系作者晚年时才发现的译文，现收入集中；附录中收录了巴金谈本书的几篇文章，有助于读者加深对本书的理解。

本书现根据巴金生前亲自校订的最后版本排印，用词、标点等均保持此版本原貌。

巴金故居
二〇一八年十一月

目　次

001　迟开的蔷薇

021　马尔特和她的钟

035　蜂湖

095　在厅子里

109　后记

113　附录

115　印度洋中的《茵梦湖》

119　伊利沙白与来印哈德

122　平津道上

131　《巴金译文全集》第六卷代跋（节选）

迟开的蔷薇

我现在住在德国北部某城市近郊朋友的别墅里。我和这位朋友年轻时候在一块儿度过大部分的光阴，后来因为职业不同才分开了。二十年来我们没有见过面，在这期间他开办了一家相当大的商店，自己做商店的经理；我却为境遇所迫，去了外国，就一直在那边住下去。现在我终于回到故乡来了。

这家的主妇我这次还是第一次见面。——她并不年轻，可是她的举止还带着年轻人的轻快，她的平静的眼光也还带着孩子气的明净。我不久便有机会看出来他们夫妇间还维持着一种相互的差不多和新婚时一样的关系。譬如她穿得整齐漂亮地走进厅子里吃早饭的时候，她的眼光总是先去找寻他，仿佛默默地问他，是不是喜欢她这样装束。他的额上的皱纹马上消失了，即刻捏住她伸过来的手。有时候他在书房里写字桌前坐着，她便从寝室里或者从屋前的花厅里走来，静静地坐在他旁边；或者她悄悄地走到他的椅子背后，默默地把手按在他的肩上，好像她要使他知道她是在他的身边，她为他留在这里。

这是十月里一个晴朗的下午。我的朋友刚刚办完事情从城里回来，我们坐在屋前阳台上，谈着旧日的事情。从这阳台我们的眼光越过下面的庭园和园外一片绿色草地，望见了东海湾的褐色海水，再望过去又见到一带山毛榉林的柔梢，树叶已经在变色了。这一切景色映在深蓝的秋日晴空里，配上阳台两旁高高的白杨树，像阴暗的舞台布景似的给白杨树镶了一道边。——朋友的太太手牵着她的小女儿从开着的花厅的侧门走出来，带着宁静的微笑走过我们面前；她不愿意挤进我们这个荫凉世界里来，好像这里并没有她的份。她抱着孩子站在阳台口望着一只驶过的轮船,船轮的喧响声已经有一阵子打破了景色的静寂。她的亭亭的身材,她的高贵的头的轮廓很清晰地在阴暗的天空里映了出来。

我们两人的眼光不由自主地跟随着她,谈话便停止了。我无意地伸手去拿放在我们面前大理石桌上玻璃盆里的葡萄。

"这倒是当初料不到的事,"我末了说,接着我们的话题谈下去。"我家里本来做生意的,我却成了一个文人;你呢——你在大学念二年级时候写的悲剧怎样了?"

"意大利式的簿记是一种消灭诗意的厉害的药,"他含笑答道,"不过我还得加上坚强的意志才行。"

他用他那暗黑的眼睛望着我,我看出来他青年时期有的那种特征——理想的光辉,至今仍旧保留在他的眼里。

"这一定使你够辛苦罢,"我说。

"辛苦？"他慢声念了一遍，——"说到辛苦，我好像不觉得什么辛苦。"他望了他妻子一眼，眼光里带着一种那么深的柔情，和一种占有的喜悦，仿佛他新近才赢得他的爱人似的。

我不觉想起了我来到这里第一天中的一件事情。那天我走进我朋友的书房，第一眼就看到挂在他写字桌旁边的一幅少女的画像。这是油画，用的是明朗的颜色，有一种真正明净的华美与鲜艳。我问这是什么人，鲁多夫回答说："这是我妻子的像。就是说，那个少女，她后来做了我的新妇，再后又做了我的妻子。这是绘来送给她的祖父和祖母的，在他们去世以后又作为遗产回到她自己手里来了。"他走到画像前面，我却拿这年轻的容貌和刚才看见一面的主妇的面颜在心里比较了一番。——我过了一会转过头去看他，正看见他脸上有一种明显的、差不多是痛苦的爱恋的表情，对他的这种表情我以后在这里住得愈久，也愈加不理解了。这个少女已经变成了他的夫人；她还活着，而且看起来，她现在还使他幸福。

我望见面前这个美丽而安静的身影从阳台上走下花园里去了，不怕触到那个难治的创伤，我再也不能够把我那时的看法隐瞒下去。"这是怎么一回事，鲁多夫？"我说，便拿起我这位少年时期的老友的手，"倘使你可以说的话，就对我说罢。"

他又朝下望了望花园，在花园后面，草地上暮霭已经升起来了，他摩了摩额上光泽的头发，用我从前非常熟习的那种真挚的声音说："这没有什么不好，也没有什么祸害；只要说出来大体上无妨碍，我都可以告诉你。——你当时从我的信里已经知道差不多十五年以前我怎样在我父母的家里认识了我的妻子。她常常来看我的妹妹，她同我妹妹是在我们西海岛的浴场里认识的。我那时的工作情形正是十分劳累，十分艰难。我们那个刚刚创办的商店里一个股东突然退出了，他的股本是我们商店的一部分资金，我必须设法在另一方面并且在极短的时间里将这差额填补起来。另外我筹划了多时的轮船公司又在这个时候成立，可是我们邻近的人因为妒忌的缘故老是来妨碍它。因此在一天的工作和激动以后，我需要一种鼓舞人的同情，和一个可以让我的心休息的逃避所。这两者我都在我妹妹的年轻朋友那儿找到了。傍晚我们在我父母家的花园里，女贞树篱中间来回散步，我们谈的便是关于我的计划和焦虑一类的话；她什么都听得进去，什么都能够了解。她的态度纯朴、稳静，这是你在刚到的那一天就赞美过的，在那个时候就已经有了。年轻人的活泼在她身上也是常见的。我记得有一天晚上我同这两位姑娘坐在凉亭里古老的花园桌旁边。这一天各种各样的灾祸都落到我的头上来了。我在一阵绝望的时候不觉嚷起来：'我再也没有力量了！'她并不答话，却默默地用手支着腮生气似地，惊讶似地望着我。然后她掉头向着我妹妹，微笑地说：'你看！他就不再相信他自己了！'她说得对；在下一个星期里我就觉得我有着充分的力量了。这差不多是很显然的事，她把她的手放在我的手里；我把她的手紧紧握着。别人对我讲起她的美丽；我也看得出来；不过我并没有想到这个，以后也更没有想到这个。她就这样成了我的妻子；一个我生活的伴侣，在我的生活里新的问题接连不断地发生，等待我解决，她来给我帮了忙。你应该还记得——当时我常常写信给你——就从那个时候起好些难题一个一个地解决了。在我看来差不多都是经她的手解决似的；因为她知道在最适当的时候安排一切事情；她了解事物的无声的语言，就像童话里的金玛利一样，她走过苹果树跟前会听见树丛中发出叫声：'摇我们下来，我们这些苹果一个一个都熟了！'——过了几年我便购置了这所别墅，还是照我们的意思设计修建的。命运待我很厚，可是跟着这幸运，我的事务也加多了；不是我支配着事务，倒是事务支配着我，事业接连成立，我是陷落在事业的网里了；我全部精神的力量都消耗在这个事业上面，而且它一天比一天地对我更加苛求。"

我的朋友闭了口；他的十二岁的长女从屋里朝我们走来，找她的母亲。他把她抱在怀里，一面倾听下面花园里的声音。在花园墙边树丛中露出白屋顶来的温室的那一面，有着小孩的笑声，笑声中还夹杂着母亲的抚爱的声音。"去罢，燕尼！"他微笑说，"两个大的无花果熟了；你得去摘下来！"她点点头，便走开了；她走下台阶，穿过阶下的一片草地，转入旁边树丛中不见了。

父亲望了望她，又说下去："是在春天里一个星期日的下午；我们刚才差到她母亲那儿去的瘦瘦的小姑娘那时不过半岁光景。通阳台的花厅刚油漆好，春天的阳光照在铺道上，从开着的侧门送进来发芽含苞的花香树香。我坐在沙发上，手里拿着一本书，这一类的书我很久不曾翻阅了，我不知道这次我是想着你我从前热心从事的古德文的研究呢，还是我只是为了给自己证明，在这城市里我书房阴暗的墙壁之外，对我还有另外一个世界。我读的是哥特弗利特①大师的《特列斯坦》。离我不多远,妻坐在我对面的窗前,正埋头做针线活;隔壁屋子里孩子在摇篮中睡着了。四周非常静;没有什么打扰我,让我跟着特列斯坦和伊莎德开始了海行。

"龙骨在水上滑动。在寂寞的正午,伊莎德坐在甲板上。夏天的风吹拂着她的金发,她的眼里却装满了泪水。她悲伤地思念家乡,又恐惧地想到异邦的景象,到了那里她就要做老王的妻子。特列斯坦想安慰她,却被她拒绝了;她恨他,因为他杀死了她的叔父莫洛特。空气闷热,她口渴了。舱房里有'爱的药酒',这是准备用来燃起伊莎德对老新郎的情焰的,却没有藏得好。一个年轻的宫女说:'看,这儿有酒!'特列斯坦无心地顺手把酒杯递给了王后。

'她踌躇地端起杯饮,她的心很沉重,

---

① 哥特弗利特:哥特弗利特·冯·司特拉斯堡,十二世纪末至十三世纪初的德国大诗人。下文的《特列斯坦》是他未完稿的长诗。

她把杯递还他,他也饮了杯中的酒。'

"现在古诗人的魔力开始了;我们跟他们一块儿生活,分担着他们的疑惑和心愿,他们怎样不愿意这样做,却又不得不这样做,他们怎样相信可以得着自由,却又害怕得到自由。优美的诗句喷泉似地不停地涌出;它们的隐秘的紧迫的调子抓住了我的心。我看见那一对美丽的年轻人在我的面前,他们肩并肩地靠在船边。他们凝望着海水,为了不要看见两人的手偷偷地放在一块儿了;他们陶醉在相互爱恋中,偶尔谈起一些陌生的话,他们谈着海和雾,谈着风和水……

"这位古代巨匠给他的读者带来的酒杯的余香逐渐在扩散,我也中了他的魔术了。这诗篇唤醒了我内部的一种东西,这是生活至今还让它沉睡着的;我还不曾知道这另外一个世界,这个强迫特列斯坦同伊莎德去接受它的峻严的法律的世界,正如诗人在他的作品的开篇所说,他自己也是跟着这个世界浮沉的。

"我从书上抬起眼睛去看妻。朋友,那个时候青春的光彩仍然留在她的双颊。白杨嫩叶的阴影从窗外射进来映在她的额上微微地来回移动，她的眼睛落在手里的活计上——她不是就像'爱的玩偶伊莎德'那样地美丽吗？或许所谓爱的杯并不只是一个象征，事实上真要一种药酒来创造这爱的迷梦吗？

"就在这个时候隔壁的小孩醒了。年轻的母亲放下活计站起来；她走过厅子的时候却用她那美丽清澄的眼睛看我，要我跟随她去。——

"我倒想笑了。'你要做什么？'我轻声对自己说，便关上了这本魔书。她已经回来了，把孩子也给我带了来，孩子一双带睡意的大眼睛朝着春天的阳光睁开了……

"我们仍然像从前那样平静地过着日子。一年跟着一年地过去了；在这个时期我的年轻美丽的妻在我的身边渐渐地褪了色。我没有看到这个；我没有工夫去注意她那可爱的容貌怎样悄悄地失去了青春的柔嫩的外形，她那一头金发怎样逐渐消失了丝一样的光泽；

只是她的精神方面在我的眼里愈来愈明显了，我明确地感到她的这方面一天比一天地坚定了，我对她的尊敬也不断地在增加。

"距今三年前我们的第二个女儿出世了——你听！她们都在温室里；她正在同她姐姐争论呢！——

"这个时候我的工作也渐渐地简单化了，事务上了轨道，因此许多事情我都可以交给别人去办理。我的生活里现在毕竟有地方容纳别的东西了。既然没有什么急务来拘束我，那么人们生来就具有的对于美的需要也就再活动起来。我把花园布置成它目前的这个样式，并且就在那儿下面添设了一个蔷薇园。——你已经听见我说过，她在花中间最爱蔷薇。——过了一年我又在蔷薇园后面修建了一座宽敞的凉亭。地板的镶木细工、椅子以及其他的家具陈设都是由一位相熟的建筑师绘图设计，请一些手艺精巧的细木匠做的；高高的窗上挂了半幅浅灰色的窗幔，让亭子里发出一种朦胧的悦目的光。就在这儿，在庭园的寂静里我第一次没有干扰地阅读那些不朽的古诗篇如《奥德赛》①和《尼泊龙根之歌》……，我大声念起来，她坐在我旁边，静静地听着，她那双勤劳的手不知不觉地停止了针线活。家庭音乐我们也没有忘记；我一生没有工夫学一种艺术，不过我妻子却会唱歌，她老是喜欢在我同孩子的面前唱。有时候还有别的人参加；不知不觉间喜欢唱歌和喜欢听唱的人就结成了小小的一群。

"去年六月我的四十岁生日到了。——朝阳唤醒了我；别人都在睡觉。我穿好衣服经过静静的房屋，到了阳台上。阳台下的草地还隐藏在浓荫里；只有树梢和园亭的金顶在朝日的光辉中发亮；水面上横着一片白雾，只有一根摇动的桅杆尖有时在雾中间露出来。我慢慢地走下台阶进了花园，浑身有一种舒适、清新的感觉；我轻轻地往前走，好像害怕会把白昼惊醒似的。

---

① 《奥德赛》：古希腊史诗，相传为荷马（古希腊诗人，约公元前九至八世纪）所作。下文的《尼泊龙根之歌》为德国中世纪一部伟大的英雄叙事诗。

"在前一个晚上我又读了哥特弗利特大师的《特列斯坦》,完全沉醉在这本古书里面。我读到诗人优美的笔下写出来的最后的那些篇章。

"爱的药酒证实了它的魔力。美丽的王后伊莎德和国王的外甥特列斯坦彼此分不开了。那个宽容的老王终于把有罪的人放逐出去;可是诗人却使他的颤动的心得到了满足,他把这一对爱人引入远离人群的荒野里去了。没有间谍跟踪他们。太阳照耀着,草散发出芳香。辽阔的荒原上就只有他们两个人。陪伴他们的还有微语的树林和隐身在高空的小鸟的不停的歌唱。他们浴着夕阳在草原上徘徊,听着冷泉的叮咚;他们坐在菩提树下回头望那个岩洞,那儿就是他们过夜的地方。早晨太阳一出,他们便起身骑着马驰过露湿的荒野,手里握着弓箭,两匹马紧紧靠着,伊莎德的金发飘拂在特列斯坦的肩头。

"在静寂的晓风里这幅诗的图画像梦似的在我的脑际浮现。——在这之间,时光继续向前流去;太阳暖和地照着园中小径,树叶飘落下来,花香逐渐向四处散布,空中开始了昆虫的美妙的音乐。我感到大自然的丰富,同时一种青春的感觉征服了我,仿佛人生的秘密还没解开地放在我面前。我加快了脚步,急急往前走去;我无意间伸出手,在草地旁边树丛中折下一枝花。下面凉亭前几张园椅,还是昨晚我们离开它们时的那个样子;露水顺着关住的百叶窗下滴。我从台阶下藏钥匙的地方取出钥匙,打开门,让晓风吹进亭里。然后我又走回去,经过温室,我推着它那紧闭的门,过了一会,我穿过花厅,走进我妻子的卧房。宅子里还没有一点响动,四周仍然保留着清晨的安静。可是一股浓郁的新鲜的蔷薇花香似乎给我指出这附近有一份生日礼物。——我开了书房门,马上看见一幅装在椭圆形的奖牌式框子里的油画放在我的写字桌上。这是一个少女的头部的侧面像,照一般人头部那样大小;在这油画的重甸甸的金框上面放着一个红色百叶蔷薇花扎的花环——头略微向后面仰,灿烂的金丝发好像刚刚被一支轻快的画笔绘出来似的；在那半张开的嘴唇上露出了宝贵的青春的骄傲。

"我屏住气站在那儿，凝神望着这张美丽的年轻的脸庞；好像我不敢表示我在这儿似的，好像我害怕不小心吐了一口气就会把一切吹散似的。——这双带笑的年轻的眼睛是在望着一个充满春日阳光的世界罢。我不由自主地埋下了头。她——她原本应该是这个少女。我原本也应该跟着她逃进那荒原上去，那是每个人的心总有一度渴望着的地方。——"

鲁多夫握住我的手。

"那么为什么她又不是这个少女呢，——你知道那幅画像。我看见的并不是画家的幻想，也不是金发王后伊莎德，那个美人也许根本就没有存在过。我眼前这个面容是属于生活，属于我自己的生活的，她曾经一度是这样的，她在好些年前把她的手放在我的手里，她今天仍然活在我身边。

"我又凝视这画像；它不肯放开我；那种对于美

的渴望完全抓住了我。我想起了一首古歌的头一句:'啊,青春,啊,美丽的蔷薇花开时!'——她当时常常在我父母家里唱的。我向着画像伸出了胳膊,好像她还可以回来,好像这个温柔年轻的面颜并没有永远落进了'往昔'里面。

"我的心正在被悔恨和徒然的渴慕折磨的时候,突然间一种确实的说不出的幸福之感把我占有了。她,曾经一度是这画像的她,她本人现在仍然活着,她就在近旁,我现在,就在这一刻,还可以在她的身边。

"我离开书房,我去找寻她;可是她不在屋子里。我走进花园的时候,她正从阳台下面走来同我相遇了。她含笑地望着我,仿佛她想在我的眼睛里看出我见到她的生日礼物后的喜悦。可是我并不让她有空的工夫,我默默地捏起她的手,拉着她走下花园里去。——当她穿着白晨衣,带着少女般的姿态在我的身边走着时,当她用她那平静的眼睛询问地、惊讶地望着我时,当她的手轻轻地送到我手中时,我再也忍不住了,我拜倒在她面前，于是我生活里的激情全醒过来了，热烈地，不停地向她奔放。"

鲁多夫静了一会儿；然后他轻声说："这样我也在那爱杯里喝过了大大的一口；迟了——不过也不算太迟！"这时他望了望他面前的夕阳，它只有最后一点霞光留在天际。

我们默默地坐在一起；暮色渐渐降下。园内非常静；可是在下面凉亭里灯已经亮了，树丛中透出光来。有人在钢琴上奏出和弦，一个女低音唱起了歌，那如怨如诉的歌辞在黑夜里荡漾着：

"啊，青春，啊，美丽的蔷薇花开时！"

马尔特和她的钟

在我求学时期的最后几年里，我寄宿在一个小市民的家中。这一家的父母和不少的兄弟姊妹都不在这儿了，只剩下一个年老未嫁的女儿。双亲和两个兄弟都死了，姊妹中，一直到那个同本地某医生结婚的最小的妹妹为止，都跟着她们的男人到远方去了。只有马尔特一个人留在她父母的家里，靠着出租她家族从前住的房间，得一笔小小的租金节省地度日。她只有在星期日才可以好好地吃一顿，可是她并不觉得苦；她对于外表的生活差不多没有什么要求：这是她父亲那种严格节俭教育的结果，这父亲一方面为了自己的主张，另一方面为了清贫的家境对他的儿女全都实施这样一种教育。虽然马尔特在她年轻时候只受到一点普通的学校教育,可是因为她后来在孤独的生活里常常沉思默想,加之她又有一种敏锐的理解力和一种真诚的性格,所以到我认识她的时候,她的教育程度已经比一般的平民阶级的妇人高得很多了,虽然她讲起话来并不常常合文法。她读书很多,并且读得很仔细,又爱读一些历史的和诗的作品;而且她对于所读的东西大都能够下一个正确的批评,并能够依据自己的意见判断作品的好坏,这就不是多数人所能做到的了。当时出现的梅利克①的《画家诺尔顿》给了她一个很深的印象,因此她老是反来复去地阅读,起初是读全部,然后选读她喜欢的那些部分。诗人笔下的人物对她却成了活生生的人,他们的行为不再是为了作品的结构的必要而产生的了;有时她会花很大的工夫去深思,有什么方法,可以使那许多可爱的人避免他们所遭遇

---

① 梅利克(E. F. Merike,1804—1875):德国抒情诗人。小说《画家诺尔顿》出版于一八三二年,当时很受读者欢迎。

的那种定数。

马尔特在她的孤独中并不曾感到无聊，可是有时一种对于她的生活毫无目的的感觉迫使她的心向外寻求安慰；她需要一个人，为了这个人她可以操劳照料。因为她缺少亲近的人，她这种可赞美的情感便惠顾到她某一个时期的房客身上，我就受过她不少的慈爱和小心的照应。——她非常爱花，花中间她最爱白花，白花中间她更爱简单朴素的，在我看来这便是她那安分的毫无奢望的表白。每一年她妹妹的孩子将花园里初开的雪钟花和三月花折下给她送来的时候，这就是她一年中的第一个节日；这时她便从柜子里拿出一个小磁瓶，小心爱护地把花插上，在这一个星期里她那小小的寝室有了装饰了。

马尔特自从父母死后，很少同人们来往，尤其是在漫长的冬夜里，她差不多总是一个人在房内度过，因此她所特有的那种活动的善于造形的空想便给她四周的东西都加上了一种生命和知觉。她把她自己灵魂的小部分借了给她房里的旧家具，这些家具便得到了同她交谈的能力；自然这是一种无声的谈话，可是因此反而是更亲近，而且不会有误解。她的纺车，她的褐色雕花的扶手椅都是很古怪的东西，它们常常有一种最特别的幻想；可是其中最古怪的是一个旧式的摆钟，这是她已故的父亲五十几年前在阿姆斯特丹旧货摊上买来的，当时已经是很古老的了。这个东西样子自然很奇特：钟面上有两个铅刻的着色的人鱼从两边将她们的披着长发的人面靠在变成了黄色的针板上，她们从前镀过金的有鳞片的鱼身又从下面将针板包围着；指针仿佛是蝎子尾巴那一种形状。齿轮大约年久用坏了；因此钟摆振动的声音很强，而且很不规则，有时候下摆还会突然下垂出几时的光景。

这个钟便是马尔特的最会讲话的伴侣；不论她在想什么，它都要参加。当她想沉落在孤寂的默想中去的时候，钟摆便笛答笛答地响得更厉害了，并且老是带着催逼的调子；它不让她安静，老是在她沉思的时候报起时刻来，后来她便不得不抬起了头；——太阳很暖和地照在窗上，窗台上的石竹花发出了甜甜的香味，窗外一些燕子唱着歌在空中飞舞。她又会变得高兴了，她四周的世界实在是十分亲切可爱的。

这个钟其实也有着它自己的思想：它不能够适合新时代了；因此应该打十二点钟的时候，它老是只打六下，过些时候好像补足似的，它又会不停地打起来，直到马尔特把白蜡从铁链上拿走才止住。最奇怪的是它有时候会完全打不响了，只听见齿轮中间查查的声音，可是敲锤却总不肯举起来，这事情大半发生在半夜里。马尔特每次都会醒过来；不管是在最冷的冬天和漆黑的深夜，她总要下床来，并且非等到她把这老钟的困难解除以后不肯再睡觉。然后她回到床上去，反复地想着，为什么钟要把她唤醒呢，又问她自己，她在白天的工作里面是不是忘记了什么事情，或者没有把什么事情好好地做了的。

现在又是圣诞节了。在圣诞夜里，大雪阻止我回家去，我便到一个孩子很多的友人家中去过节；圣诞树上的蜡烛点燃了，孩子们欢欢喜喜地跑进那间刚刚开放的圣诞节室去；然后我们吃了应景的鲤鱼，喝了葡萄酒；凡是习惯上过节应做的事我们都做了，没有忘掉一件。——第二天早晨我走进马尔特的屋子，向她照例地贺节喜，她坐在桌前，两手支着下颔，她好像已经休息了很久似的。

"昨天您怎样地过您的圣诞节？"我问她道。

她低着头望着地回答道："在家里过的。"

"在家里？没有到您姐妹的孩子们那儿去吗？"

"呵，"她说，"自从我母亲十年前的昨天在这张床上死去以后，我就没有在圣诞夜出去过。我姊妹们昨天也来邀请过，天黑的时候我也想出去走走；可是——这个老钟却这么古怪；它老是这么清楚地对我说：不要去，不要去，你去那儿做什么？你的圣诞节不该在那儿过。"

因此她就留在家中这间小屋子里，这间屋子是她小时候玩耍过的，后来还是给她父母送终的地方，在这小屋里老钟仍旧笛答笛答地响着，跟从前完全一样，可是现在等到马尔特顺从了钟的意思，她把已经取出来的好衣服又放回衣橱之后，钟的声音却低下去了，是这么低，而且越来越低，最后竟至完全听不见了。马尔特正应该安安静静地回想着她一生中那许多圣诞夜的事情：她父亲又坐在那把褐色雕花的扶手椅上，他戴着上等的天鹅绒小帽，穿一件好的黑上衣；他的严肃的眼睛今天也显得非常和善了；因为这是圣诞夜啊，许多许多年以前的圣诞夜啊！固然桌子上没有一棵点着蜡烛的圣诞树——那是只有有钱人家才可以备办的；——可是作为圣诞树的代替桌上点起了两支又高又粗的蜡烛，把小屋子照得通亮，因此孩子们被允许从黑暗的前房走进这屋子来的时候，便不得不把手放到眼睛上遮蔽烛光。然后大家都走到桌前，依着这一家的规矩，不得着急，不得欢叫，好好地看着圣诞老人送给各人的东西，这些自然不是贵重的玩具，但也不是廉价的东西，都是一些很有用的必需的物品：一套衣服，一双鞋子，一块石板，一本赞美诗集，或者别的这一类东西；孩子们得到石板和新的赞美诗集以后也是一样地快乐，他们便一个一个地向着那个坐在扶手椅上满意地微笑着的父亲吻手道谢。母亲头上包着窄小的头巾，她带着温和慈爱的面容或者给孩子们系上新的围裙，或者在新的石板上写些数目字和字母给孩子们去摹写。然而她没有较长的空闲同孩子们在一起，她还得上厨房去做苹果饼，因为这是圣诞夜里给孩子们的主要的礼物，必需亲自做好。父亲便打开新的赞美诗集，用他那明朗的歌声唱起："大家快乐，赞美上帝。"孩子们谙熟这个调子，便和着唱下去："救世主已经来到。"他们围着父亲的椅子站到把这首赞美诗唱完为止。只有在歌声暂停的中间，才听得见母亲在厨房里操作和苹果饼在锅里煎烤的声音。……

笛答！钟又在响了；笛答！声音越来越大，越像在催逼人。马尔特抬起头来,四周差不多全黑了,外面只有凄凉的月光躺在积雪上面。除了钟声外,家里是死一般的静寂。小屋子里没有孩子们的歌声,厨房里也没有煎烤的声音。只有她一个人还留在家里;别的都走了。——那么这个老钟又在想什么呢?——是啊,它在报告十一点钟了——另一个圣诞夜的情景又在马尔特的记忆里浮现了,唉,一个完全不同的圣诞夜;这又是在那以后的许多许多年了。她的父亲和弟兄们都死了,姊妹们也都出嫁了;现在只剩下母亲一个人和马尔特住在一起,母亲早已代替了父亲坐在褐色扶手椅上,家庭的琐事完全交给女儿去料理;因为父亲去世以后母亲就生起病来,她的温和的面容日见苍白,她的慈祥的眼睛也渐渐失却光芒而变成朦胧的了;最后她便不得不成天躺在床上。她已经躺了三个星期,现在是圣诞夜了。马尔特坐在母亲的床边,静静的听着这昏睡者的呼吸。屋子里是死一般地静寂,只有老钟笛答地在响。钟报了十一下,母亲睁开眼睛要水喝。

"马尔特,"她说,"等春天到了,我也恢复了气力的时候,我们去看你妹妹汉纳罢,我刚刚在梦里看见了她的孩子;——你在这儿也太辛苦了。"——母亲完全忘记汉纳妹妹的孩子们已经在深秋死了;马尔特也没有提醒她,只是默默地点点头,紧紧捏住她的枯瘦的手。钟在敲十一点了。

现在这钟也在敲十一点了,但是轻轻地,仿佛从远远的,远远的地方传来似的。

马尔特听见了一声长的呼吸;她想,母亲是要睡了罢。她仍然坐在那儿,不敢出声,也不敢动一下;后来她自己也落进了一种类似昏睡的状态里面。像这样地过了一个钟头;钟敲了十二下!——烛燃完了,月光明亮地照进窗来;枕上放着母亲的苍白的脸。马尔特手里捏的是一只冰冷的手。她仍旧捏住这只冰冷的手。在母亲的遗体旁边一直坐到天亮。

现在她让她的回忆陪伴着,仍旧坐在这间屋子里,老钟仍旧忽重忽轻地响;它什么都知道,它什么都经历过，它给马尔特唤起了一切的事情，唤起了她的哀愁，也唤起了她的小小的欢乐。

马尔特的孤寂的屋子里是否还是像从前那样叫房客满意呢？这个我不知道；我在她家里寄寓以后，到现在已经有许多年了，那个小城和我的家乡又离得很远——那些爱惜生命的人所不敢直说的话，她却常常勇敢地大声说了出来："我从来没有生过病；我一定会活得长久的。"

倘使她的信心不错的话！那么这几页记事有一天一定会传到她的屋子里，她读了或许会记起我来。那座老钟会帮助她的记忆；因为它是什么都知道的。

蜂
湖

老人

一个晚秋的下午,有一位服装整齐的老人慢慢地沿街走来。他好像是散步后回家似的,他的旧式的扣鞋已经盖满了灰尘。他腋下挟着他的金头的长手杖;他一双暗黑的眼睛里仿佛还藏着他整个失去了的青春,它们同他雪白的头发恰恰成了明显的对照。他用这对眼睛安静地看看四周,又望着他面前那个躺在晚霞中的城市。——他有点像是外乡人;因为过路人中只有寥寥几个同他打招呼,虽然有好些人不由得要看看这一对严肃的眼睛。最后他在一所人字形屋顶的房屋门前站住了，他又看了看城市，才走进门廊。门铃响了响，房里对着门廊的窥视窗的绿窗帷拉开了，窗后现出一个老妇人的脸。这男人用手杖向她招呼。"还没有点灯！"他带一点南方的口音说；管家妇又把窗帷放了下来。老人走过宽敞的门廊，然后穿过一间靠墙立着几个放磁瓶的榭木柜的宽大屋子；他又走过对面的门，进了一条窄小的过道，这里有一道窄的楼梯通到后屋的楼上。他慢慢地走上楼梯，开了上面的一道房门，走进一间宽大的屋子里。这里又安适、又幽静；一面墙差不多全让书橱遮盖了；另一堵壁上挂着人物和风景的图片；一张铺着绿桌布的桌子上凌乱地摊开了几本书，桌子前面放着一把笨重的靠背椅，椅上放着红天鹅绒椅垫。——老人把帽子和手杖放到角落里，便在靠背椅上坐下来，两手交叉着，仿佛在享受散步后的休息。他这样坐着的时候，天渐渐地黑了；后来一线月光透过玻璃窗射进来，射到壁上挂的画上面，那一道亮光慢慢地向前移动，他的眼光也不知不觉地跟随着。现在亮光移到了一张嵌在朴素的黑镜框里的小照片上面。"伊利沙白!"老人轻轻唔了一声;他刚刚吐出这个字,时间就变了;他是在他的青年时代了。

孩子们

不久一个小女孩的秀美的身子到他面前来了。她名叫伊利沙白,大约有五岁的光景;他的年纪大她一倍。她的脖子上围着一条小红绸巾;这使她的一对褐色眼睛显得更加好看。

"来因哈德!"她叫道,"我们放假了,放假了!今天一天不去上学,明天也不去。"

来因哈德连忙把他胳膊下挟的演算板放到门背后,两个孩子从屋里跑进花园,又穿过园门到外面草地上去。这意外的放假真是来得太凑巧了。来因哈德得到伊利沙白的帮忙,在这里用草皮盖了一所房屋;他们打算夏天晚上住在这里面；可是还少一条长凳。现在他就动手做起来；钉子、锤子，和必需的木板都准备好了。这时伊利沙白便到沟边去采集环形的野葵子，用围裙兜着；她想拿它们给自己做项练和项圈；等到来因哈德敲弯了好些钉子终于把凳子做好以后，回到太阳光下面来，她已经走得远远地，到草地的另一端去了。

"伊利沙白！"他唤道，"伊利沙白！"她立刻来了，她的鬈发一路飞舞着。"来，"他说，"我们的房子好了。你也很热；进来，我们要坐坐新凳子。我给你讲个故事。"

两个孩子便走了进去，在新凳子上坐下来。伊利沙白从围裙里拿出她那些小环儿，把它们一一穿在长线上；来因哈德便讲道："从前有三个纺纱的女人——"

"啊，"伊利沙白说，"这个我记得烂熟了。你不该老是讲同样的一个故事。"

现在来因哈德只好把三个纺纱女人的故事抛开，另外讲一个给扔在狮子洞里的不幸的人的故事。

"现在是夜里了，"他说，"你知道吗？非常黑暗，狮子也睡觉了。可是它们在睡梦中而打起呵欠来；又伸出它们的红舌头；那个人吓得打哆嗦，他以为天亮了。他四周忽然现出一道亮光，他抬起头来看，他面前站着一位天使，天使对他招手，随后一直走进山岩里去了。"

伊利沙白注意地听着。"天使？"她说。"他有翅膀吗？"

"这只是故事里这么说，"来因哈德答道，"其实并没有天使。"

"呵，呸，来因哈德！"她说，注意地望着他的脸。可是她看见他皱着眉头在看她，她不觉疑惑地问他道："那么为什么她们老是讲起这个呢？母亲同婶婶。还有学堂里也是这样讲的。"

"这我就不知道了，"他答道。

"可是你,"伊利沙白说,"那么狮子也是没有的吗?"

"狮子?有没有狮子!印度就有;在那儿那些拜偶像的教士把它们套在车子前头;用它们拖车走过沙漠。等我长大了,我自个儿也要上那儿去。那儿比我们这儿漂亮几千倍;那儿没有冬天。你也得跟我一块儿去。你要去吗?"

"是啊,"伊利沙白说,"不过母亲也得一块儿去,你的母亲也去。"

"不,"来因哈德说,"她们那个时候太老了;她们不会跟我们一块儿去的。"

"可是我不可以一个人去。"

"你应该可以的;你那个时候真的做我的妻子了,那个时候你不用听别人的话了。"

"可是我母亲要哭的。"

"我们真的要回来的,"来因哈德急躁地说,"你爽快地讲出来罢:你是不愿意跟我一块儿旅行?不然我就一个人去；那么我就永远不回来了。"

小姑娘差不多要哭了。"请你不要做这样的凶相，"她说，"我真的愿意跟你一块儿到印度去。"

来因哈德带着万分高兴的样子捏住她的两手，把她拉出来到草地上去。"到印度去，到印度去，"他唱道，便拉着她一块儿转起圈子来，她的红绸巾也从脖子上飘落了。可是他突然放开她的手，认真地说："这件事不会成功的，你没有勇气。"

"伊利沙白！来因哈德！"有人在花园门口唤道。"这儿！这儿！"两个孩子回答着，便手牵手地跑回屋里去了。

林中

两个孩子就这样地一块儿生活下去；他常常觉得她太沉静，她也常常觉得他太暴躁，可是他们并不因此就分开；差不多凡是空闲的时候他们都是在一块儿玩，冬天在他们母亲的窄小的屋子里，夏天在树林和田野里。——有一次伊利沙白当着来因哈德的面挨了教师的骂，来因哈德便生气地拿石板在桌子上碰，想把那个人的怒气引到自己的身上。并没有人理他。可是来因哈德就不再注意地听地理课了；他却做了一首长诗；在诗里他把自己比作一只小鹰，把教师比作一只灰色的老鸦，伊利沙白是一只白鸽；小鹰发誓等他的翅膀长成，马上就向灰色老鸦报仇。这个年轻诗人眼里含着泪水；他非常自豪。他回到家里弄到一本羊皮纸封面的小本子，里面有不少的空白页。他在开头的几页上工整地抄下他的第一首诗。——这以后不久他便到另一个学校上学去了；在那儿他在那些和他同年纪的少年中间结交了好些新朋友，可是这并没有妨害他跟伊利沙白的交往。他把他从前对她讲过并且不只讲过一遍的故事，选择了一些她最喜欢的抄了下来；在抄写的时候他常常想把自己的思想编一些进去；可是不知道为了什么缘故，他总没有能够做到。因此他便照他所听到的那样的内容老老实实地写下来。后来他把他抄写的本子拿给伊利沙白，伊利沙白小心地将它们放在她的小首饰匣的抽屉里面；要是间或在傍晚伊利沙白当着他、把他抄写的本子里的这些故事读给她母亲听，这就使他愉快满意了。

七年过去了。来因哈德为了他自己的深造应该离开这个城市。伊利沙白简直不能够想到来因哈德走后她怎样过日子。有一天他对她说他会照常给她抄写故事，附在给他母亲的信里寄给她，不过她得写回信告诉他，她是不是喜欢它们，她听了这番话，心里非常高兴。行期近了；可是在这以前羊皮纸封面的本子里又添了许多首诗。这些诗渐渐加多，差不多占了一半的空白页，虽然伊利沙白唤起了写成这本册子和大部分诗歌的灵感，但是唯独她一点儿也不知道。

这是在六月里；来因哈德第二天便要动身。大家还想一块儿再玩一天。因此他们组织了一次到附近树林里去的较大的野餐会。起先到树林入口那一段需要一小时的路程大家坐车；然后他们把装食物的篮子拿下来，再步行前去。他们首先得穿过一个松树林；那里又凉，又阴暗，地上到处都是细的松针。他们走了半个小时，便走出松林的荫处，走进一个新鲜的山毛榉树林；这里的一切都是明亮的、碧绿的，有时一道日光穿过多叶的树枝射进来；一只小松鼠在他们头上的树枝间跳来跳去。——在一块空地上，古老的山毛榉树梢交织成一顶透明的绿叶华盖，众人停下来在这里休息。伊利沙白的母亲打开了一只篮子，一位老先生做伙食管理员。"你们这些小鸟儿，大家都来围住我！"他唤道。"你们留心听着我要对你们讲的话。每个人拿两块光光的面包卷做早餐；黄油留在家里没有带出来，配面包的东西要各人自己去找。林子里有很多草莓，这就是说只有找到草莓的人才有得吃。不灵活的人就只好吃光面包；生活里到处都是这样。你们懂了我的话吗？"

"懂了！"年轻人大声答道。

"听着，"老人又说，"我还没有说完呢。我们老年人这一辈子也奔波够了；所以我们留在家里，就是说在这儿这几棵大树下面，削土豆皮，生火，安排开饭，到十二点钟还要煮鸡蛋。为了这个你们得分一半草莓给我们，做餐后果品。现在你们快去罢，往东往西都好，要老老实实啊！"

年轻人做出各种顽皮的表情。"站住！"老人又唤道。"我想，用不着对你们说，空手回来的人也不必拿出什么来；可是你们得好好记住，我们老年人也没有东西给他。那么你们今天就会得到个不少好的教训了；要是你们找到了草莓回来，你们今天就算是很幸运了。"

年轻人都赞成这个意见，便一对一对地跑进树林找草莓去了。

"来，伊利莎白，"来因哈德说，"我知道长莓子的地方，你不会吃光面包的。"

伊利沙白扎紧她草帽的绿带子，把帽子挂在胳膊上。"走罢，"她说，"篮子准备好了。"

于是他们走进了树林，越走越深；他们走过潮湿的、浓密的树荫里，四周非常静，只有在他们头上天空中看不见的地方，响起了鹰叫声；以后又是稠密的荆棘挡住了路，荆棘是这样地稠密，因此来因哈德不得不走到前面去开一条小路，他这儿折断一根树枝，那儿牵开一条蔓藤。可是不多久他听见伊利沙白在后面唤他的名字。他转过身去。"来因哈德！"她叫道，"等一下，来因哈德！"他看不见她；后来他看见了她在稍远的地方同一些矮树挣扎；她那秀美的小脑袋刚刚露在凤尾草的顶上。他便走回去，把她从乱草杂树丛中引出来，到一块空旷的地方，那里正有一些蓝蝴蝶在寂静的林花丛中展翅飞舞。来因哈德把她冒热气的小脸上润湿的头发揩干，然后他要给她戴上草帽，她却不肯；可是他一再要求，她终于同意了。

"可是你的莓子在哪儿呢？"她停了步深深呼吸了一口气。

"它们就在这儿,"他说,"可是癞虾蟆比我们先来了,不然就是貂鼠,或者多半是妖精。"

"是呀,"伊利沙白说,"叶子还在;不过你不要在这儿讲妖精。你过来,我还不觉得一点儿疲倦;我们再往前去找罢。"

他们的前面是一条小河,过了小河又是树林。来因哈德把伊利沙白抱起来走过去了。不到一会儿他们又从浓密的树荫里走到林中空旷的地方。"这儿应该有莓子了,"女孩说,"气味香得很。"

他们走过阳光照着的地方去寻找,可是他们一点也找不到。"不,这是石南的气味。"

遍地都是覆盆子和冬青;石南和短草相间地盖满了林中的空地,空气里弥漫着浓郁的石南香。"这儿静得很,"伊利沙白说,"别的人都在哪儿呢?"

来因哈德并没有往回走的意思。"等等罢;风从哪儿来的?"他说,向空中举起他的一只手。可是并没有风来。

"不要响，"伊利沙白说，"我好像听见他们在讲话。向那边再唤一声罢。"

来因哈德把手做了个空筒罩在嘴上唤着："到这儿来！"——"这儿！"有了应声。

"他们回答了！"伊利沙白叫道，她拍起手来。

"不，这不是，这只是回声。"

伊利沙白抓住来因哈德的手。"我害怕！"她说。

"不，"来因哈德说，"你不应该害怕。这儿很不错。你在这儿草间荫凉处坐下罢，让我们休息一会儿；我们马上就会找到别的人。"

伊利沙白坐在一棵枝叶悬垂的山毛榉下面，留心向四面倾听；来因哈德坐在离她几步远的一块树桩上，默默地望着她。太阳正在他们的头上；现在是中午的炎热了；一群金光灿烂的、钢青色的小小的苍蝇动着翅膀在空中飞舞；她四周有一种轻微的营营嗡嗡的声音，有时还可以听见树林深处啄木鸟的剥啄声和别的林鸟的叫唤。

"听,"伊利沙白说,"钟响了。"

"在哪儿?"来因哈德问道。

"我们后面。你听见吗?是正午了。"

"那么城市就在我们后面了;倘使我们朝这个方向一直走过去,我们就会找到别人的。"

他们便动身回去;他们不再去寻找草莓,因为伊利沙白疲乏了。后来同伴们的笑声从树丛中送过来,不久他们便看见一幅白布亮晃晃地铺在地上,这就是餐桌,上面放着大堆的草莓。那位老先生的钮孔里扣着一条餐巾,他继续对年轻人作他的道德的训话,一面起劲地切一块熏肉。

"落后的人来了,"那些年轻人看见来因哈德同伊利沙白穿过树丛走来,便大声说。

"这儿!"老先生唤道,"把手帕和帽子里的东西都倒出来!现在把你们找到的给我们看看。"

"只有饥同渴!"来因哈德说。

"倘使就只有这一点的话,"老年人答道,他端起那只装满了的盆子，给他们看："那么你们也只好把它留着了。你们知道规定的办法；偷懒的人没有东西吃。"不过后来经过大家劝说，他也答应分给他们一点。现在是开饭的时候了；画眉鸟在杜松丛中唱起歌来。

那一天便这样地过去了。——来因哈德毕竟找到了一样东西；虽然这不是草莓，但它也是在树林里生长的。他回到家中便在他那个旧的羊皮纸封面的本子上写下来：

山坡上，

风静止，

树枝低垂，

下面坐着女孩子。

她坐在百里香丛中，

她坐在芬芳里；

一群营营的青蝇，

带着闪光在空中飞舞。

林子里非常静,

她向四周探望,眼光十分灵活;

在她那褐色鬈发上,

闪动着太阳的光辉。

杜鹃在远处笑了,

我心里忽然想起:

她有一对金色的眼睛

像那林中仙女的那样。

这样看来她不仅是一个受他保护的人,她还是他的青春时期中一切可爱的和神奇的事物的象征。

孩子站在路旁

圣诞夜快到了。——来因哈德和别的几个同学在市政厅地下室①里围着一张橡木桌子坐着,那时还只是下午,墙上的灯已点了起来;因为在这儿下面已经黑暗了;可是只有寥寥几个客人,伙计们都闲散地靠在墙柱上。在这间圆顶屋的角落里坐着一个提琴师和一个有着秀丽的吉卜赛容貌的弹八弦琴的姑娘;他们把乐器放在膝上,没精打采地望着前面。

在大学生们的那一桌上香槟酒的瓶塞打开了。"喝吧,我的波希米亚②的爱人!"一个阔公子模样的年轻人说,把满满的一杯酒递给她。

"我不要喝,"她说,连动也不动一下。

"那么唱罢!"阔公子嚷道,他掷了一个银币到她的怀里,姑娘伸手慢慢地掠她的黑发,提琴师在她的耳边低声讲了几句话。她却仰起头,把下巴支在八弦琴上面。"我不为这个唱。"她说。

来因哈德手里拿着酒杯站起来,走到她面前。

---

① 市政厅地下室:过去德国大城市中用作啤酒馆和饮食店的地方。
② 波希米亚:指艺术家。

"你要做什么？"她傲慢地问道。

"看你的眼睛。"

"我的眼睛跟你有什么相干？"

来因哈德两眼发亮地朝她的脸望下来。"我知道它们是假的！"——她用手掌托着腮，仔细地打量着他。来因哈德把杯子举到嘴边。"为你这一对漂亮的、害人的眼睛干杯！"他说，便把酒喝了。

她笑了，抬起头来。

"给我！"她说，一双黑黑的眼睛盯住他的双眼，一面喝干了杯中的残酒。然后她拨起弦来，用深情的低声唱道：

今天，只有今天

我还是这样美好。

明天，啊明天

一切都完了！

只有在这一刻

你还是我的，

死,啊死,

留给我的只有孤寂。

提琴师快速地弹到终曲的时候,一个新客人从外面走了进来。

"来因哈德,我去找过你,"他说。"你已经出去了;可是有人给你送圣诞节礼物来过了。"

"圣诞节礼物?"来因哈德说,"它再也不会到我这儿来了。"

"喂,真的来了!你满屋子都是圣诞树同棕色姜汁饼的香味。"

来因哈德放下手里的酒杯,拿起帽子来。

"你要做什么?"少女问道。

"我就要回来的。"

她蹙了蹙前额。"不要去!"她轻轻唤道,并且亲密地望着他。

来因哈德犹豫起来。"我不能够,"他说。

她笑着用脚尖踢了他一下。"去罢!"她说。"你这个不中用的；你们大家全不中用。"等她转过身去，来因哈德慢慢地走上了地下室的阶梯。

外面街上天已经完全暗了；他觉得清冷的冬天空气向着他灼热的前额扑来。从好些窗户里射出来点燃了蜡烛的圣诞树的灿烂的光辉，那些屋子里一阵一阵地送出小笛子和洋铁皮喇叭的声音，里面还夹杂着小孩们的欢乐的喧哗。一群群讨饭的孩子从这家走到那家或者爬上台阶的栏杆，想从窗户偷看一眼他们享受不到的豪华情景。有时候一扇门忽然打开，接着一阵叱骂声把整群这样的小客人从明亮的房屋赶到黑暗的巷子里去；在另一个人家的门廊里正唱着一首古老的圣诞节的颂歌，歌声中听得出清脆的少女的声音。来因哈德没有去听这歌声，他匆匆地走了过去，从一条街又走进另一条街。他走到自己住处的时候，天色差不多黑尽了；他连忙跑上楼梯，进了他的屋子。一股甜香迎面扑来；这使他想起了家乡，这仿佛是在家里过圣诞节时候母亲那间小屋子的气味。他用颤抖的手点燃了灯;桌上有一个大的包裹,他把包裹打开,棕色的节饼从里面落了出来;有几块饼上还有他的名字的简写字母,是用糖涂上去的;这只有伊利沙白会做。其次映入他眼里的是一个小包,里面是一些绣得很精致的衬衣、手帕和袖口,最后是他母亲和伊利沙白写给他的信。来因哈德先把伊利沙白的信拆开;伊利沙白这样写着:

这些美丽的糖字可以告诉你是谁帮忙做好饼子的;给你绣袖口的也就是这个人。在我们这儿今年的圣诞节一定是冷清清的;我母亲总是到九点半钟就早把纺车放到角落里去了;今年冬天你不在这儿,真是寂寞得很。上个星期天你送我的那只梅花雀死了;我哭得很伤心,不过我平日照料它也很小心。这只鸟,每当下午太阳照在它的笼子上的时候,便唱起歌来;你知道它唱得挺起劲的时候,母亲便在笼子上挂起一块布,遮住阳光使它静下来。因此我们屋子里现在更清静了,只有你的老朋友埃利克间或来看望我们。你有一回对我讲过，他很像他身上穿的那件棕色大衣。他每次走进门来，我就会想到你那句话，这太滑稽了；不过你不要对母亲说，她容易生气。——你猜猜，过圣诞节，我拿什么礼物送给你母亲！你猜不着罢？就是我自己！埃利克用炭笔给我画像；我已经在他面前坐了三次了，每次都是整整坐一个钟点。我真不高兴一个陌生人把我的面貌看得这样熟。我本来不愿意，可是母亲一定要我这样；她说这会使好心的维尔纳太太欢喜的。

可是你没有守信啊，来因哈德。你没有给我寄故事来。我常常对你母亲抱怨你；她老是说，你现在有更多的事要做，顾不到这种小孩事情了。可是我并不相信；那一定有别的原因。

来因哈德又读他母亲的信，他把两封信都读完了，慢慢地摺起它们，放到一边，这时候一种无法控制的乡愁抓住了他。他在屋子里来回踱了好一会儿；他小声自语着，后来又含含糊糊地哼起来：

他几乎迷失路途

寻不着自己的家屋；

孩子站在路旁

指给他回家的路！

随后他走到他的书桌前面，拿出一点钱来，又走到街上去了。——这时街上已经静多了；圣诞树上的蜡烛也灭了；小孩们的游行也停止了。风吹过荒凉的街道；无论是老年人或者年轻人都在自己家里团聚；圣诞夜的第二个时期已经开始了。——

来因哈德走近市政厅地下室的时候，听见了下面传来的提琴声和那个弹八弦琴的姑娘的歌声；下面地下室的门叮当地响了，一个黑影从那宽阔的、灯光黯淡的阶梯摇摇晃晃地走上来。来因哈德连忙退到房屋的阴影里去，然后急匆匆地走过去了。过了一会他走到一家灯烛辉煌的珠宝店的窗前；他在这家店里买了一个红珊瑚的小十字架，便又顺着原路回去。

在他的住处附近，他看见一个穿破衣的小女孩站在一道高高的门前，她想打开门却没有办法。"要我帮忙吗?"他说。女孩并不回答,却放开了重甸甸的门柄。来因哈德已经打开了门。他说:"不,他们会赶你出来;跟我来罢,我会给你圣诞饼。"于是他又把门关上,抓起女孩的手,她一声不响地跟着他到了他的住所。

他先前出去的时候并没有灭灯。"这些饼子你拿去,"他说,把他的全部宝贝分了一半倒在她的围裙里,不过有糖字的却一块也没有给她。"现在回家去,分一点给你母亲。"女孩抬起头羞怯地看着他;她对这种好意好像感到不惯似的,也回答不出一句话来。来因哈德打开房门,照亮她下楼,这个小女孩便像一只小鸟似地带着她的饼子飞跑下楼梯到门外去了。

来因哈德拨了拨炉里的火,把盖满灰尘的墨水瓶放在桌上;随后他坐下来写信,他整夜地写着,给他母亲的,给伊利沙白的信。剩下的圣诞饼还堆在他手边没有动过,可是伊利沙白做的袖口却已经扣上了,这跟他那件白色厚呢上衣配起来显得很古怪。他一直坐到冬天的太阳照在结了冰的玻璃窗上的时候,他对面的镜子里映出了一张苍白的、严肃的脸。

回家

复活节一到,来因哈德便动身回家去了。他到家后第二天早晨,去看伊利沙白。"你大得多了!"他看见那个美丽苗条的少女含笑迎上来的时候,这样说。她红了脸,可是并不回答他;他在问好的时候握着她的手,她却想轻轻地把手缩回去。他疑惑地望着她;她以前从没有这样做过;现在好像他们两个中间有了什么隔膜似的。——他在家住了一些日子,照常天天去看她。可是这种情形仍旧继续下去。只要他们两人单独在一起的时候,谈话总要发生间断,这使他感到痛苦,他总是很小心地提防着。为了要在这个假期中找一样固定的事情做,他便教伊利沙白学一点植物学,这门功课是他在进大学的最初几个月中特别热心研究过的。伊利沙白对什么事都肯听他的话，并且也聪明好学，因此她很高兴地答应了。他们一个星期出去旅行几次，或者去田野或者到灌木林里；要是到了中午他们带了装满花草的绿色植物采集箱回家，那么过了几个钟头来因哈德便要再来，同伊利沙白分他们共同找到的东西。

有一天下午他为了这样的目的到她的屋子里去，看见伊利沙白站在窗前把新鲜的繁缕草搭在一只他以前在这儿没有见过的镀金鸟笼上面。笼里有一只金丝雀，它不停地拍着翅膀，同时，带着叫声啄伊利沙白的手指。来因哈德的小鸟从前就是挂在这个地方的。"是不是我那只可怜的梅花雀死后变成金丝雀了？"他高兴地问道。

"梅花雀不会变的，"坐在扶手椅上纺纱的伊利沙白的母亲说。"您的朋友埃利克今天中午从他的庄子上差人给伊利沙白送来的。"

"从什么庄子？"

"您不知道吗？"

"知道什么？"

"埃利克在一个月前继承了他父亲在蜂湖上的第二个庄子。"

"可是关于这个您没有对我讲过一句。"

"啊，"这母亲说，"您自己对您朋友的事情也没有问过一句呢！他是一个很可爱、很懂事的年轻人。"

母亲走出屋子煮咖啡去了；伊利沙白背向着来因哈德，仍旧忙着给她那只鸟笼做凉亭。"请等一会儿，"她说，"我马上就好了。"——来因哈德不像平日那样，他没有答话，她便转过身来看他。他的眼里有一种突然发生的烦恼的表情，她以前从没有在他的眼里看见过。"你有什么不舒服吗，来因哈德？"她问道，走到了他的身边。

"我吗？"他顺口说道，两眼像做梦似地望着她的眼睛。

"你的样子很不高兴。"

"伊利沙白,"他说,"我不喜欢这只黄鸟。"

她惊奇地望着他;她不懂他的意思。"你真古怪,"她说。

他拿起她的两只手,她静静地让他捏着。不久母亲便回来了。

他们喝了咖啡以后,母亲在她的纺车前面坐下;来因哈德和伊利沙白到隔壁屋子里整理他们的植物去了。他们数了花蕊,又把叶同花小心地放平,然后把每一种挑出了两份标本夹在一本对摺纸的大书里去压干。这个晴朗的下午很清静;只有隔壁屋子里母亲纺车的咿唔声,此外便是时时响起来的来因哈德的低沉的声音,那时他正在解释那些植物的门类或者替伊利沙白改正她读拉丁学名时不熟练的发音。

"这次我还是没有找到铃兰,"他们采集的标本全部分类整理了以后,她说。

来因哈德从衣袋拿出了一本白羊皮纸封面的小册子。"这儿一枝铃兰给你,"他说着,便拿出那枝半干的花来。

伊利沙白看见那些写满了字的篇页,便说道:"你又在编故事吗?"

"这不是故事,"他说着,便把书递过去。

这里面全是诗,大多数都很短:每首至多占一页的篇幅。伊利沙白便一页一页地翻下去;她似乎只是在看题目。《她受教师责斥的时候》《他们在林中迷路的时候》《同复活节故事一起》《她第一次给我写信的时候》;差不多都是这一类的题目。来因哈德用一种侦察的眼光偷偷看她,她只顾一页一页地翻下去,他看见她那纯洁的脸上最后泛起一阵娇羞的红晕,渐渐地布满了整个脸庞。他想看她的眼睛,可是伊利沙白并没有抬起头,最后她默默地把书放在他面前。

"不要这样地还给我!"他说。

她从洋铁匣子里取出了一小枝棕色的花。"我把你心爱的花放进去,"她说,把书递到他的手里。……

假期的最后的一天终于到了,现在是来因哈德动身的早晨了。驿车站同伊利沙白的住处只隔了几条街，伊利沙白得到母亲的允许去送她的朋友上车。他们走出大门以后，来因哈德便让她挽住他的胳膊；他默默地这样同她并肩走着。他们离目的地愈近，他愈觉得他有一桩心事必须在他这次同她长期分别之前对她说出来，这桩心事是他日后生活中一切的价值和一切的甜美所依靠的，可是他却找不到简单扼要的话来表明他的心意。他有点胆怯；他的脚步愈走愈慢了。

"你会到得太晚的，"她说，"圣玛丽亚教堂的钟已经打过十点了。"

可是他并没有加快脚步。最后他结结巴巴地说："伊利沙白，你会有整整两年见不到我。……我下次回来的时候，你会像现在这样地跟我要好吗？"

她点了点头，亲切地望着他的脸，——"我还替你辩护过呢，"她停了一会儿说。

"替我？你用得着对谁替我辩护呢？"

"对我母亲。昨晚你走了以后，我们还谈了你许久。她觉得你没有从前那么好了。"

来因哈德沉默了一会儿;可是后来他便拿起她的手,恳切地望着她那天真的眼睛,一面说:"我还是像从前一样地好;你要牢牢地相信啊!你相信吗,伊利沙白?"

"相信的,"她说。他放开她的手,急急地同她走过最后一条街。分别的时刻愈近,他的脸色愈显得高兴;他走得太快了,差一点叫她跟不上。

"你这是怎么一回事,来因哈德?"她问道。

"我有一个秘密,一个美丽的秘密!"他说,并且用发亮的眼睛望着她。"等我两年后回来,你就会知道的。"

这个时候他们到了驿车前面,刚刚来得及上车。来因哈德又拿起她的手。"再见!"他说,"再见,伊利沙白!不要忘记啊。"

她摇了摇头。"再见!"她说。来因哈德上了车,马就动了。

车子辘辘地在这条街角转弯的时候,她正慢慢地走回家去，他又一次看见她的可爱的身影。

一封信

过了将近两年，来因哈德坐在灯前，面前堆着书籍和文件，他在等待一个和他一起学习的朋友。有人走上楼来。"进来！"——来的是房东太太。"您有一封信，维尔纳先生。"随后她走了。

来因哈德自从上次回家以后没有写过一封信给伊利沙白，也没有接到她一封信。现在的这封信也不是她写来的；这是他母亲的手迹。来因哈德拆开信，读着，不久他便读到下面这一段：

在你这样的年纪，我亲爱的孩子，差不多一年有一年的面目：因为年轻人总不愿意让自己消沉下去。我们这儿也发生了大的变化，倘使我对你的了解不错，那么这件事起初会使你很痛苦。埃利克昨天终于得到伊利沙白的同意了,最近三个月当中他向她求过两次婚,都没有能够如愿。她对这件事老是打不定主意;现在她终于决定了;她毕竟还太年轻。婚礼不久就要举行,那时她母亲也要跟他们一块儿离开。

蜂湖

又是几年过去了。——一个暖和的春天的下午,在一条向下倾斜的树林里的路上,一个面色健康、被日光晒黑了的年轻人慢慢地走着。他那双严肃的、灰色的眼睛急切地望着远处,好像他在盼望这条单调的路会发生变化、而这变化却始终不肯出现似的。后来他终于看见一辆大车从下面慢慢地上来。"喂!好朋友,"这个行人向车旁走着的农人喊道,"这就是到蜂湖去的路吗?"

"尽管一直走,"那个人伸手推了一下他的垂边帽子答道。

"那么离这儿还远吗?"

"先生,已经到了跟前了。不消半袋烟的工夫就到湖边了;主人的宅子就在湖上。"

农人过去了;行人便加快脚步顺着树下的路向前走去。过了一刻钟光景,他忽然在左边树荫下站住了;那条路转入一个山坡,坡下百年老橡树的树梢差不多跟山坡一样高。从树梢望过去,前面展开一片宽阔的、当阳的景色。下面低低地躺着一片平静的、深蓝色的湖水,湖的四周差不多全让阳光照耀的绿树环绕着;只有在一个地方树木分开了,露出一派远景,可以一直望到远远的一带青山。对面望过去,绿叶丛中笼罩着一片雪似的白色;都是开花的果树,树后在湖畔高高的岸边耸立着庄主的宅子,白墙红瓦,显得格外分明。一只鹳鸟从烟囱上飞起来,在水上慢慢地盘旋飞绕。

"蜂湖!"行人叫道。现在他差不多像是到了他的旅程的终点；他站住不动，并且从他脚下树梢望过去，眺望着对岸，庄主宅子的倒影浮在那儿水面上，轻轻地荡漾。随后他突然又继续往前走了。

现在路差不多陡直地引下山去，因此刚才在他脚下的树木却又罩在头上给他遮荫了，可是它们同时也遮住了湖景，只偶尔从树枝缝隙间露出闪光的湖水来。一会儿路又渐渐地往上斜去，左右两边树木都不见了；沿路换了一些长满葡萄藤的小山；两旁都是正在开花的果树，花间充满了嗡嗡叫着的忙碌的蜜蜂。一个穿棕色大衣的相貌堂皇的男子迎着这个行人走来。他快走到行人面前，便挥着帽子欢呼起来："欢迎，欢迎，来因哈德兄弟！欢迎你到我蜂湖的庄上来！"

"你好啊，埃利克，谢谢你欢迎的盛意！"行人回应道。

这时他们走到一块儿了，彼此伸出手来。

"那么这真的是你吗？"埃利克很靠近地看了看他老同学的严肃的面貌，说道。

"当然是我,埃利克,我也认得你;只是你看来气色比一向都好。"

埃利克听见这句话露出了喜悦的微笑,这使他的朴质的面容显得更愉快了。"是啊,来因哈德兄弟,"他说,又伸出手去握来因哈德的手,"我从那个时候起还中了大奖;你是知道的。"接着他搓了搓自己的手,快乐地叫道:"这可是一桩意外的事!她绝没有想到,永远想不到的。"

"一桩意外的事?"来因哈德问道。"对谁呢?"

"对伊利沙白。"

"伊利沙白!你没有对她说过我要来吗?"

"一句话也没有说,来因哈德兄弟;她没有想到你来,她母亲也没有想到。我完全偷偷地邀请你来,好让她们那时更加高兴些。你知道,我也总有我的一些诡秘的小花招。"

来因哈德显出沉思的样子;他们愈走近庄子,他的呼吸愈显得急促起来。在路的左边葡萄园又到了尽头,现在是一片大菜园,差不多一直连到湖边。那只鹳鸟已经飞下来了,它正在菜畦中间庄严地散步。"喂!"埃利克拍着手叫道,"这个长脚埃及人又在偷我的短豆荚了!"鹳鸟又慢慢地飞起来,飞到一座新房子的屋顶上,这所房屋位置在菜园的尽头,墙上盖满了用人工盘上去的桃、杏的枝条。"这是酿酒场,"埃利克说,"我两年前造的。农场的房屋却是先父添设的,住宅还是我祖父修建的。我们这样一代一代地增加一些。"

他们这样谈着,就到了一片大的空场,两边是农场的房屋,后面是庄主的宅子,宅子的两翼连接着高高的园墙;墙后是一排一排的繁茂的紫杉,随处还有一些丁香树把它们开花的枝子伸进庭院里来。一些因日光晒灼和工作忙碌而脸上发红流汗的人走过这个空场,向他们两人行礼问好,埃利克对这个人吩咐了一些事,又向那个人问几句关于这一天工作的话。——这时他们已经到了宅子前面。他们走入一道又高又凉爽的走廊，在走廊的尽处，向左边转一个弯又进了一条稍稍阴暗的侧廊。埃利克在这儿打开了一扇门，他们便走进一间宽大的花厅，覆盖在对面窗户上的一簇簇浓密的绿叶使这个厅子的两边充满了绿色的微光；可是在窗户之间两扇大开着的高高的侧门，让春天的阳光满满地射了进来，并且使人看见花园的景色，园中布置着一些圆形的花坛，种着一行一行的壁立的高树，中间隔着一条宽的直路，顺着这条路望过去，便可以望见湖水，再远一些，还可以望见对岸的树林。两个朋友进来的时候，迎面一股微风把一阵香气送了过来。

花园门前阳台上坐着一个白衣少女的身形。她站起来迎接他们；可是在中途她忽然站住了，好像脚生了根似的，她呆呆地望着那位生客，他微笑地向她伸过手来。"来因哈德！"她叫道，"来因哈德！我的上帝，你来了！——我们好久不见了。"

"好久不见了，"他说了这半句，就再也接不下去；

因为他听见她的声音,他心里感到一种隐隐的肉体的痛楚,他看她,她分明地站在他面前,依旧是那轻盈柔美的体态,和几年前他在故乡向她道别的时候并没有两样。

埃利克留在门口,脸上带着喜色。"你看,伊利沙白,"他说,"喂,你不是绝没有想到,你不是万万想不到会看见他吗?"

伊利沙白用了姊妹般的神情望着他。"埃利克,你真好,"她说。

他亲热地把她的纤柔的小手捏在自己手里。"现在他在我们这儿了,"他说,"我们不会让他就走。他在外面待得太久了;我们要叫他再过一过家乡的生活。你只看,他样子多么像外乡人,样子多么高雅。"

伊利沙白羞涩地瞥了来因哈德一眼。"这是因为我们相别太久的缘故,"他说。

这个时候她母亲走了进来,胳膊上挂了一个放钥匙的小篮子。"维尔纳先生!"她看见他便说道,"啊,真是一位又亲切又想不到的客人。"——他们的谈话就这样一问一答顺利地继续下去。两个女人坐下来做她们的事情，来因哈德吃着他们给他预备的饮食，埃利克点燃了他那只海泡石的烟斗，坐在来因哈德身边，一面抽烟，一面谈话。

第二天来因哈德便同埃利克出去参观田地、葡萄园、酵母花园和酿酒场。全都现出兴盛的样子，在田地上和大锅旁边工作的人都带着健康和愉快的脸色。中午全家人聚在那间花厅里，一天里大家或多或少总要在一块儿过一些时候，这得看主人们的空闲来决定。只有在晚饭以前和大清早的时间里来因哈德才单独在他自己的屋子里工作。这几年来对那在民间流传的歌谣，他碰到的时候，就搜集起来，现在他着手整理他的宝贝，并且只要有机会，他还要在这附近一带增加一些新的材料。伊利沙白什么时候都是温柔、亲切的；她差不多用一种带谦卑的感谢来接受埃利克经常的关切，来因哈德有时候禁不住要想，从前那个活泼的女孩想不到会变成一个这么沉静的妻子。

从他到后的第二天起，他便习惯了在傍晚时分顺着湖滨散步。那条路就在花园下面，是傍着花园筑的。花园尽处，在一座突出的碉堡上有一条长凳放在高大的桦树下面；伊利沙白的母亲叫它做"傍晚凳"，因为这个地方朝西，每天一到这个时刻便有人到这儿来观赏落日。——有一个傍晚来因哈德在这条路上散步回来，遇到了骤雨。他躲到一棵长在水边的菩提树下；可是不久大的雨点从树叶间落了下来。他全身湿透了，便索性不管它，又慢慢地往回家的路上走去。天差不多全黑了；雨也落得愈急。他走近"傍晚凳"的时候，仿佛看见那些发亮的桦树干中间有一个白衣女人的身形。她静静地站在那里，等他走近了些，就他可以辨别的情景看来，她的脸正朝着他，好像在等待谁似的。他相信这是伊利沙白。可是等他加快了脚步，想赶到她跟前，同她一块儿穿过花园回屋去的时候，她却慢慢地掉转身子，隐入黑暗的侧路去了。他不了解这是怎么一回事；他差一点要生伊利沙白的气了，但他又有点怀疑这究竟是不是她；可是他又不好意思向她问起；而且他回到屋子也不进花厅去，他害怕碰见伊利沙白从园门进来。

依了我母亲的意思

几天后的傍晚，全家的人照往常的习惯按时坐在花厅里面。门开着；太阳已经落在对岸林子后面了。

来因哈德这天下午得到一位住在乡下的朋友寄给他的民歌，大家请他念一点给他们听。他回到他的房里去，过一会儿他拿了一卷纸出来，这卷纸仿佛全是些写得很整洁的散页。

众人围了桌子坐下来，伊利沙白坐在来因哈德旁边。"我们随便拿点出来念罢，"他说，"我自己也还没有看过。"

伊利沙白展开了稿纸。"这儿还有谱,"她说,"这应该你来唱,来因哈德。"

他起先念了几首蒂罗尔地方的小曲,念着,有时候,常常用半低的声调哼那个快乐的曲子。在这几个人中间产生了一种共同的快感。"这些美丽的歌是谁做的?"伊利沙白问道。

"啊,"埃利克说,"从歌词就可以听出来;裁缝店伙计啦,剃头匠啦,就是这一类的好玩的浪子。"

来因哈德说:"它们都不是编造出来的;它们生长起来,它们从空中掉下来,它们像游丝一样在地上飞来飞去,到处都是,同一个时候,总有一千个地方的人在唱它们。我们在这些歌里面找得到我们自己的经历和痛苦;好像是我们大家帮忙编成它们似的。"

他又拿起另一页:"我站在高山上……"①

"这个我知道!"伊利沙白嚷道。"你唱起来罢,

---

① 这是一首古老的民歌,有各种标题,如《女尼》《年轻伯爵的歌》等。内容是一个美丽的贫家姑娘,不能如愿嫁给所爱的年轻伯爵、在修道院里度过一生。

来因哈德，我来同你一块儿唱。"现在他们唱起了这个曲子，它是这么神秘，使人不能相信它是从头脑里想出来的。伊利沙白用她柔和的女低音和着男高音唱下去。

母亲坐在那里忙碌地动她的针线；埃利克两只手放在一起，凝神地听着。这首歌唱完了，来因哈德默默地把这一篇放在一边。——在黄昏的静寂中，从湖滨送上来一阵牛铃的叮当声；他们不知不觉地听下去；他们听见一个男孩的清朗的声音唱着：

我站在高山上

望下面的深谷……

来因哈德微微笑起来："你们听见吗？就是这样一个传一个的。"

"在这一带地方常常有人唱的，"伊利沙白说。

"对，"埃利克说，"这是放牛娃卡斯帕尔；他赶牛回家了。"

他们又听了一会儿，直到铃声渐渐上去，消失在农庄后面。"这是些古老曲子,"来因哈德说,"它们沉睡在山林深处;只有上帝知道是谁把它们找出来的。"

他抽出一篇新的来。

天色已经暗得多了;一片红色晚霞像泡沫似的浮在对岸的林梢上面。来因哈德摊开了这一篇,伊利沙白用手将纸的一端按住,也在看纸上的歌。来因哈德念起来:

依我母亲的意思,

我得嫁给另外一个人;

从前我想望的事,

现在要我心里忘记;

我实在不愿意。

我埋怨我母亲,

实在是她误了我;

从前的清白和尊荣,

现在却变成了罪过。

叫我怎么办啊!

拿我的骄傲同欢快,
换得无穷的痛苦来。
啊,要是事情能挽回,
啊,我情愿走遍荒野,
去做一个乞丐!

来因哈德念的时候,觉得纸上有一种轻微的颤动;他念完了,伊利沙白轻轻地把她的椅子往后一推,默默地走下园里去了。她母亲的眼光送她出去。埃利克想跟着出去;可是母亲说:"伊利沙白到外面去有事情。"埃利克就不走了。

可是外面园子的上空和湖上夜色渐渐地浓了,飞蛾嗡嗡地飞过开着的门,花树的芳香一阵浓似一阵地吹进来;水面浮起了一片蛙声,窗下有一只夜莺在歌唱,另一只夜莺在园子的深处和着;明月在树梢出现了。伊利沙白的秀美的身形已经消失在花叶繁茂的幽径中，来因哈德还向那个地方望了一会儿；于是他卷起了稿纸，又向在座的人告了罪，便穿过房屋走到湖滨。

树林静静地立在那里，把它们的黑影投在湖上，湖心又给笼罩在闷热的朦胧月光里。有时一种低微的飒飒声颤动地穿过树丛；可是并没有风，这只是夏夜的气息。来因哈德顺着湖继续往前走着。他看到一朵白色的睡莲开在离岸不十分远的地方。他忽然想起要走近去看看它；他便脱去衣服，走下水去。水很浅。尖利的水草和石子割痛他的脚，他始终走不到可以让他游泳的水深的地方。忽然地在他脚下陷了下去，水在他的头上旋转，过了好一会儿他才浮到水面上来。于是他动着手脚游泳起来，他绕了一个圈子才认清了他入水的地方。不久他又看到那朵莲花了，它孤寂地躺在那些闪光的大叶子中间。——他慢慢地游过去，常常把胳膊举出水来，顺着胳膊滴下的水点在月光里闪耀；可是他同那朵花之间的距离好像一点也没有缩短似的；只有湖岸（当他回头去看的时候）却被罩在愈来愈模糊的香雾中了。他还不肯放弃这件事，便打起精神继续朝着这个方向游过去。最后他毕竟游到离花很近的地方，他可以借着月光看清楚了那些银白的花瓣；可是同时他觉得自己好像陷在一个网里面了；湖底那些滑溜溜的草梗漂浮上来，缠住他的光赤的四肢。一片茫茫的水黑黑地横在他的四周，他听见背后一条鱼跳动的声音；他在水里忽然觉得非常不安，便用力挣断水草的网，连气都不出地急急游回岸上来。到了岸他再掉转头去看湖，那朵睡莲仍旧躺在黑沉沉的湖心，依旧是那么远，那么孤单。— 他穿好衣服，慢慢地走回家去。他从园中走进厅子里的时候，正看见埃利克同她的母亲在预备行装，他们第二天要出门去办一件事。

"这么夜深您到什么地方去了？"她母亲向他问道。

"我？"他答道，"我想去看看睡莲；可是没有办到。"

"这倒叫人不懂了!"埃利克说。"你跟睡莲有什么相干呢?"

"我从前跟睡莲很熟,"来因哈德说,"不过这是多年以前的事情了。"

伊利沙白

第二天下午来因哈德同伊利沙白到湖的对岸去散步,他们一会儿穿过了树林,一会儿又走到那段高高耸起的湖滨。埃利克嘱咐过伊利沙白,要她在他和她母亲出门的时候领来因哈德去看看附近一带最美丽的风景,尤其是从湖对岸望庄一这边的景致。现在他们一处一处地游览。后来伊利沙白累了,便在垂枝的树荫里坐下来,来因哈德站在她对面,靠在一棵树干上;他听见杜鹃在树林深处叫着,他忽然觉得这一切情景都是从前有过的。他带着一种奇特的微笑望着她。"我们要去找莓子吗?"他问道。

"这不是莓子熟的时节,"她说。

"可是莓子熟的时节快到了。"

伊利沙白默默地摇摇头;她随即站了起来,两个人又继续往前走了;她在他身边走着的时候,他的眼光老是掉向着她;她走路的姿势很美,她好像是让她的衣服举着走似的。他常常不自觉地落后一步,去看她的整个身形。这样他们走到了一块空旷的野草丛生的地方,从这里可以望见一片远景,一直到田野那边。来因哈德弯下身去,在地上生长的野草中间拾起了什么。他再抬起头,他的脸上露出一种非常痛苦的表情。"你认得这朵花吗?"

她惊疑地看了他一眼。"这是石南。我常常在林子里摘它们。"

"我家里有一本老书,"他说,"我从前常常在书上写下各种各样的诗歌;不过这已经是很久以前的事了。

书页中间也夹着一朵石南；不过那只是一朵枯萎了的。你知道，那是谁给我的？"

她默默地点点头；可是她却埋下眼睛，凝神地望着他拿在手里的草。他们就这样立了好一会儿。等她张开眼睛看他的时候，他看见她眼里装满了泪水。

"伊利沙白，"他说，"我们的青春就埋在那些青山背后。现在它到哪儿去了呢？"

他们不再说什么了；他们并着肩默默地走下湖滨。空气闷热，黑云正从西方涌上来。"快有雷阵雨了，"伊利沙白说，便加快了她的脚步。来因哈德默默地点点头，两个人顺着湖滨急速地走着，后来就到了他们停船的地方。

渡过湖的时候，伊利沙白拿手扶着船舷。来因哈德一边摇桨，一边在看她，可是她的眼光却经过他眼前眺望着远方。他埋下眼睛去望她的手；这只苍白的手却把她的脸不曾表示出来的感情泄露给他了。他在这只手上看出了一种隐痛的微痕，女人的纤手夜间放在伤痛的心上的时候常常会现出这种痕迹来。——伊利沙白觉察到他在看她的手,便慢慢地把手从船舷上放进水里去了。

他们到了庄上的时候,看见宅子前面放着一架磨剪刀的小车;一个生着长长的黑色鬈发的男人忙着踏动车轮,嘴里哼着吉卜赛人的歌曲,同时一只套在车上的狗正躺在旁边喘气。门廊上站着一个衣服破烂的姑娘,她有一张憔悴的美丽的脸,伸出手来向伊利沙白讨钱。

来因哈德伸手进衣袋里去;可是伊利沙白抢了先,她连忙把钱袋里所有的钱都倾倒在讨饭姑娘摊开的手掌心里。于是她急急地转身走了,来因哈德听见她一路哭着走上楼去。

他想留住她,可是他思索了一下,便在楼梯口停住了。那个姑娘仍旧呆呆地站在门廊上,手里拿着刚才讨到的钱。"你还要什么呢?"来因哈德问道。

姑娘吃了一惊。"我不要什么了,"她说;随即回过头来向着他，用惊惶的眼光呆呆地望了他一会儿，她慢慢地向门口走去。他叫出了一个名字，可是她听不见了；她垂着头，两只胳膊交叉地放在胸前，穿过庄院走下去了。

死，啊，死

留给我的只有孤寂！

一首旧的歌在他的耳里响了起来，他简直喘不过气了；这只有一会儿的工夫，随后他便掉转身子，走到楼上他的屋子里去了。

他坐下来工作，可是他没有心思。他努力试了一个钟头，并没有用，他便下楼到客堂里去。那里一个人也没有，只有阴凉的绿色的黄昏。伊利沙白的缝纫桌上放着一条红带子，她这天下午在脖子上系过的。他把它拿在手里，可是它使他痛苦，他又把它放下了。他心里还是静不下来，他便走到湖滨，解开了船；他划起桨来，顺着他刚才同伊利沙白一块儿经过的地方再划一遍。他回来的时候，天已经黑了：他在院子里遇见马车伕，马车伕正要把拖车的马拉去吃草；出门的人刚刚回来了。他走进门廊，便听见埃利克在厅子里来回走着的脚步声。他不进去见他；他静静地站了一会儿，然后轻轻地走上楼，回到他的屋子里。他坐在窗前一把扶手椅上；他极力想象着他在这里听下面紫杉篱间夜莺的歌声；可是他听见的只有自己的心跳。楼下宅子里众人都睡了，夜渐渐地逝去；他却没有觉得。——他这样地坐了几个钟点。最后他站起来，探身到开着的窗外。夜晚的露水正在树叶间滴着，夜莺已经停止了歌唱。夜空的深蓝色渐渐地被一片从东方升上来的淡黄的微光赶走了；一股清凉的风吹起来，抚摩着来因哈德的发热的前额；第一只云雀欢欣地飞上了高空。——来因哈德突然转过身来，走到桌前。他摸索着找一支铅笔，找到了，便坐下来，在一张白纸上写了几行字。他写完了，便拿起帽子同手杖，却把字条留着，他小心地开了门，走下去到了廊上。——曙光还停留在每个角落；那只大的家猫正在草席上伸腰，他无意地向它伸过手去，它便在他的手下耸起背来。可是外面花园里麻雀已经在枝上吱吱喳喳地叫了，告诉大家，夜已过去了。他听见楼上开门的声音，有人走下楼来，等到他抬头一看，伊利沙白就站在他面前。她把一只手按在他的胳膊上，她的嘴唇动了一下，可是他一个字也没有听见。"你不会再来了，"她最后才说了出来。"我知道，你不要骗我；你永不会再来了。"

"永不，"他说。她把手放了下来，也不再说话了。他走过门廊到了门口；他又一次转过身来。她仍旧呆呆地站在原处，用失神的眼光望着他。他走了一步，朝着她伸出两只胳膊。随后他猛然掉转身走出门去了。——外面一切都躺在清新的晨光里，蜘蛛网上挂着露珠在最初的阳光里闪耀。他不再回头去看；他急急地走了出去；静静的庄子渐渐地在他后面隐去，广大的世界却在他的眼前展开了。

老人

月光不再照进玻璃窗里来了,现在完全黑暗了;可是老人仍旧抄着手坐在他的扶手椅上,望着眼前屋子里的空间。他四周这一片黑暗渐渐地消失了,现在变成了宽大、幽暗的湖;黝黑的水波一个跟随着一个不停地向前滚去,水波愈滚愈深,也愈远,最后的一个离得极远,老人的眼光差一点儿追不上了,在这个水波上,一朵白色的睡莲孤单地浮在许多大叶子中间。

房门打开了,一道亮光照进屋子里来。"您来得正好,布利吉特,"老人说。"您把灯放在桌上就行了。"

于是他把椅子拉到桌子前面,拿起一本摊开的书,他又埋头去研究他年轻时候用过功的学问了。

在厅子里

*

* 本篇最初发表于一九四四年一月桂林《当代文艺》第一卷第二期。

下午举行了小孩的洗礼，现在是傍晚了。受洗的孩子的父母陪着客人们坐在宽大的客厅里，这一家的祖母也在里面，别的人也都是一些近亲，不过祖母是这些人中间最长、最老的。孩子是按照老祖母的"巴巴拉"这个名字命名的，本来她应该有一个更漂亮的名字，因为"巴巴拉"念起来太古老了，对这个美丽的小孩是不合适的。可是她不得不叫这个名字，她的父母喜欢这样叫她，不管朋友们怎样反对。不过老祖母却一点也没有想到她这个久经考验的名字的效用值得人怀疑。

牧师在他的职务完毕后不多久就走了，单剩这一家的人在一起；现在又讲起那些陈旧的、亲切的、常常讲的故事来，并且一直讲下去。他们彼此都是知道的，年长的人看见年轻人长大，年老的人又看见年长的人变老。大家都讲了最有趣、最可笑的小孩的故事，祖母讲的故事却没有别一个人知道。只有她一个人的事情没有人能够讲出来，在她幼年时所有这些人都不曾出世，除了她自己以外，知道一点她幼年故事的人，都已经不在这世界上了。

众人这样谈论着的时候，夜渐渐地来了。厅子朝西，一道霞光穿过窗户射进来，映在粉白的墙上装饰的石膏玫瑰花上面。然后这霞光也消失了。在这刚刚开始的静寂里从远处传来了深沉的、单调的声音。有几个客人侧耳倾听着。

"这是海，"年轻的主妇说。

"是啦，"祖母说，"我以前常常听见的。多年前就是这样。"

没有人接下去讲话，窗外狭小铺石的天井里有一棵菩提树，现在枝上的麻雀也开始静下来了。这家的主人捏起静静地坐在他身边的妻子的手，眼光注视着油漆剥落的古老的天花板。

"你在想什么？"祖母问他道。

"顶板裂开了，"他答说，"架子也往下坠了。厅子太老了，奶奶，我们得把它翻造了。"

"厅子还不算十分老，"祖母说，"我知道得很清楚，它是什么时候修建的。"

"修建？那么以前这儿是什么呢？"

"以前吗？"祖母静了一会，就像一座没有生命的塑像似地坐在那里，她的眼睛回顾着一个过去的年代，她的思想萦绕着那些实体早已消失了的东西的影子。她又说："这是八十年以前的事，你的祖父和我，我们后来常常讲起的——那时候厅子的门并不通进正屋，却通到屋外一个小小的花园；不过门也不是这道门，旧的门有玻璃窗，人走到门前，就可以从门窗看见下面的花园。花园比门低三级，台阶两旁各有一道中国式的栏杆。下面有两个花坛，被一些矮矮的黄杨树镶边似的围绕着，花坛中间一条铺着白色贝壳的较宽的路，通到一座菩提树的凉亭，亭前两棵樱桃树中间悬着一个秋千架。凉亭两侧，傍着高墙有几株包扎得很小心的杏树。——夏天中午时候你外曾祖便在这儿用很有规律的步子，走来走去，或者去剪掉花坛中报春花和荷兰郁金香的小枝，或是在白的小树杆上包上树皮。他是一个严正的、精细的人，举止带着军人气味，他的一对黑眉毛配着一头粉涂得白白的头发，使他脸上带了一种高贵的神采。

"从前有一回在八月的一个下午，你祖父走下花园的小小台阶，不过那时他离做祖父的日子还很远呢。——现在我这双老眼还仿佛看见你祖父慢慢地向着你外曾祖走去。他从一个干净的绣花的信夹里取出一封信，文雅地鞠了一个躬，就把信递给你外曾祖。他是一个漂亮的年轻人，有一对柔和的、亲切的眼睛，他那黑色发囊配着健康色的脸颊和珠灰色布外衣显得很好看。你外曾祖读完了信,便点点头,又和你祖父握了手。他一定满意你祖父,因为他平素很少有这样的举动。后来他被人唤进屋里去了,你祖父又走到花园里来。

"亭前秋千那儿坐着一个八岁的女孩,她的膝上放了一本图画书,她正用心读着,她那明净的金色卷发垂在她的发热的脸颊上,阳光炎热地照着她的金发。

"那个年轻人问:'你叫什么名字?'

"她把头一仰,让头发披到后面去,她答道:'巴巴拉。'

"'巴巴拉,你当心:你的卷发给太阳晒化了。'

"小女孩伸手去抹晒得发热的头发,年轻人笑了起来——这是极温柔的微笑。——'这倒不必了,'他说:'来,我们打秋千罢。'

"她跳起来说:'等等,我得先把书放好。'她拿着书走进亭子里去了。等她回来时,他想抱她上去。'不要,'她说,'我完全可以自己来。'她便爬上了秋千板，一面叫道：'快来罢！'——你祖父便摇起秋千来，他的发囊时左时右地在他肩头跳来跳去，秋千架带着小女孩在阳光里上下舞动，她的明净的卷发吹得离开了太阳穴飘起来。她老是觉得升得不够高！可是秋千带着声音在菩提枝头飞过时，忽然从树栏中飞起一群小鸟向两旁飞去。熟透了的杏子便跟着落下。

"'那是什么东西？'他拉住秋千问道。

"她笑了，她笑他会问这样的话。'那是金翅鸟，'她说，'它从前倒并不这么害怕的。'

"他抱她下秋千来，他们一块儿走到树栏那儿，深黄色的果子躺在矮树中间的地方。'你的金翅鸟请你吃的！'他说。她摇摇头，拣了一颗漂亮的杏子放在他手里。'给你的！'她轻轻说。

"你外曾祖回到花园里来了。'它现在小心了，'他微笑道，'它不会再失掉它们了。'过后他们便谈起商业上的事，两个人一块儿进了屋子。

"晚饭的时候，小巴巴拉可以坐上桌子一道吃了：

是这个亲切的年轻人替她要求来的。——不过这也并不是完全照她想望的那样办的；因为客人坐在上面她父亲旁边，她只是一个小姑娘，只好坐在下面跟那个最年轻的书记员坐在一起。她很快地吃完了饭，便站起来偷偷地溜到她父亲的椅子背后。可是她父亲正起劲地跟那个年轻人谈着帐目和折扣的事，因此年轻人便没有工夫注意到小巴巴拉。——是啊，是啊，这是八十年以前的事了；可是老祖母还记得很清楚当时小巴巴拉十分着急，她没有办法对她的好父亲讲得明白。钟敲了十下，她应该道晚安去睡了。她走到你祖父身边时，他便问她一句：'明天我们打秋千吗？'小巴巴拉又很满意了。你外曾祖说：'他真是个喜欢小孩的人，他！'可是事实上他自己也很溺爱他的小女孩。

"第二天傍晚你祖父就动身出门去了。

"接着，八年过去了。冬天小巴巴拉常常站在玻璃门前，呵气到结了霜的玻璃上面，然后从窥视孔里看下面积雪的花园，一面想起美丽的夏天，灿烂的树叶和温暖的阳光,想起常在树栏里做巢的金翅鸟,又想起那一次熟透的杏子怎样滚落下地,过后她想起一个夏天的日子。最后她每想起夏天,总是单单想着那一个夏天的日子。岁月就这样地过去了,小巴巴拉现在比那时大了一倍,事实上她不再是小巴巴拉了,可是那一个夏天的日子还像一个光明的点子似地留在她的记忆里。——后来有一天毕竟真的又来了。"

"谁呀?"孙儿含笑问道,"夏天吗?"

"是啊,"祖母说,"是啊,你祖父,他是一个真正的夏天的日子。"

"那么以后呢?"他又问道。

"以后,"祖母说,"就是一对新婚夫妇,""小巴巴拉变成了你的祖母,现在她还坐在你们中间讲从前的老故事。——不过事情还没有这么快。先得举行婚礼,并且你外曾祖还雇人来修造这座厅子。这么一来花园同花木都没有了,不过这对他也没有什么不便,以后他在中午时候还有鲜花可看。厅子修好以后,婚礼便举行了。这个婚礼是很快乐的，贺客们在事后许久还讲起它来。——你们坐在这儿的人，你们现在什么地方都可以去，可是却一定没有参加过这个婚礼，不过你们的父亲同祖父，母亲同祖母，还有一些别的人，他们多少可以讲一点。当时的确还是一个安静的，谦虚的时代，我们也不想比皇帝陛下和大臣们懂得更多；谁要去管政治，我们就说他是一个政客，既然有了一个鞋匠，人就不必自己做鞋。女用人的名字还是叫特林娜同斯丁娜，各人照着自己的身份穿衣服。现在你们都留起像贵人和绅士那样的小胡子。那么你们想做什么呢？你们都想管人吗？"

"是的，奶奶，"孙儿说。

"贵族和大人先生们不是生来做这种事情的吗？那么他们又该做什么呢？"

"啊！贵族——"年轻的母亲说，她用了骄傲的，深情的眼光看她的丈夫。

丈夫微微一笑，他说："他们逍遥自在，奶奶，要不我们都做男爵,全德国都是。我就是这个意见。"

祖母并不答话,她只说:"我的婚礼举行的时候,没有人议论国家大事,我们谈的都是平平常常的事情,我们也很快活,就同你们如今在你们那种时髦的交际场中一样。在席上大家讲了一些逗趣的谜语,做了些即兴诗,到端上甜食的时候,大家又唱起'邻舍先生,祝你健康,酒杯空了',以及别的许多现在不唱了的美丽歌曲,你祖父的男高音的歌声老是比别人的声音响亮。——当时的人彼此还是十分客气,争论同叫嚷在我们这快乐的宴会中是很失礼的。——如今一切都不同了,——不过你祖父是一个温和的人。他离开这世界已经很久了,他比我走得很远,现在是我应该跟去的时候了。"

祖母停了片刻,没有人讲话。她只觉得双手被人捏住,他们大家都想留住她。和平的微笑浮上这年老的可爱的脸庞:然后她望着孙儿说:"他的遗体就放在这厅子里,你那时还只六岁,就站在棺材旁边哭。你父亲是一个严肃、冷静的人。他说:'孩子,不要号了,'就把你抱起来,又说,'你看,一个好人死了,他的相貌就是这样的。'过后他自己偷偷揩去了脸上的一滴泪珠。他对你祖父是十分崇拜的。现在他们都过去了。——今天在这儿厅子里我却抱着我的曾孙女行洗礼,你们给她起了你们老祖母的名字。但愿上帝使她也过着像我从前那样的幸福满足的日子。"

年轻的母亲跪在祖母面前,吻她的温柔的手。

孙儿便说:"奶奶,我们想把这座古老的厅子拆毁,再来改修一座花园;小巴巴拉也在这儿。太太们都说,她很像你,她也要坐在秋千架上,阳光也会照着她那孩子的金色卷发。说不定在一个夏天的午后,祖父又会从中国式的小台阶走下来,说不定!——"

祖母微笑了,她说:"你真是个幻想家,你祖父也是的。"

后记

十年前学习德文时，曾背诵过斯托姆（Theodor Storm，1817—1888）的《迟开的蔷薇》，后来又读了他的《蜂湖》。《蜂湖》的中译本（即郭沫若先生译的《茵梦湖》）倒是二十年前在老家里读过的。

我不会写斯托姆的文章，不过我喜欢他的文笔。大前年在上海时我买过一部他的全集。我非常宝贵它，我有空就拿出来翻读。虽然我至今还没有把德文念好，可是为了学着读德文书，我也曾翻译过几篇斯托姆的小说。

今年在朋友处借到一本斯托姆的《夏日的故事》，晚间写文章写倦了时，便拿出来随意朗读，有时也动笔翻译几段，过了几个月居然把里面的《蜂湖》译完了，此外还译了几篇较短的作品。

现在选出《蜂湖》等三篇来，编成一本小小的集子。我不想把它介绍给广大的读者。不过对一些劳瘁的心灵，这清丽的文笔，简单的结构，纯真的感情也许可以给少许安慰罢。

巴金

一九四三年九月

附录

印度洋中的《茵梦湖》

从哥伦波到吉布的①要走七天的海程，在我们这次海行中，这是一段最长的路程了。我们听说印度洋的风浪很大。彭有一个朋友最近从法国回来，经过印度洋，从吉布的到哥伦波的一个星期内，他睡在床位上，不吃一点东西，就像死人一样。我以前在什么人的游记里（也许是孙福熙的游记罢）也见过一幅描写印度洋中大风浪的可怕的图画。如今听见彭这样说，就有些胆怯了。何况第一天我就听说身体很强健的广

---

① 吉布的（Djibouti）：东非法属索马里兰的首府。

东学生李和黎在上面的舱房里吐过几口清水呢。

然而事实证明,这完全是过虑。印度洋中七天的生活是非常平静、非常愉快的。我们在这里看不见一点风浪。水面的绿色洗也洗不掉,那无尽的涟漪,一个接连一个,永远不停地向前面滚去。没有浪涛声,只有海水在船底下私语。白天有红日在蔚蓝的天空里航行,把阳光散布在我们船上,又被篷布遮住了。我们偶尔离开帆布椅站起来,便看见日光在碧波上流动。有时候还有一群一群的海鸥在天空飞翔,或者在水上游戏。天是蓝色的,海是绿色的,在这样的背景里映出来的雪白的翅膀是分外地鲜明美丽。晚上空气凉爽,天上有月有星。夜很柔和,我喜欢这个美丽的、温暖的海上的夜。

在这些日子里,甲板上的生活的确舒适、愉快。每天除了下舱去用餐用茶点外,我们都留在甲板上看书谈话。杨带了一部《红楼梦》来,许多人都在读它,谈它。彭读了两遍《红楼梦》,晚上睡觉时,还拿着书说是要去会林妹妹。范拿了一本字典读《红楼梦》,遇到不认识的字就翻字典。李一个人在读《古文观止》。

某一天李告诉我说这是旧历元旦。但是在印度洋舟中谁还有心思过年呢?我早已把旧历忘在脑后了。这一天和平日过得一样地平淡而愉快。然而也有一件值得纪念的事情,就是我把一册世界语译本的《茵梦湖》①掉在印度洋里去了。

事情是这样的:这天早晨我拿了两本《茵梦湖》到甲板上去读:一本大而薄的是世界语译本;一本小小的红书是德文原本。我拿着书靠在栏杆上,带了一本德文小字典在翻看。左手拿着两本书,又按住字典,右手在翻字典的篇页,当时没有留心拿稳书,竟让世界语译本从手中间迸了出去,我连忙用右手去捉它,已经来不及了。书页大张开,随风飘舞了几下,就落到了水上,像平日那样地摊开着,正是那一页,有着

---

① 《茵梦湖》:德国作家斯托姆(T. Storm,1817—1888)的中篇小说,有郭沫若和钱君胥合译的中文译本。

吉卜赛姑娘的歌的那一页。我用留恋的眼光望下去,好像在看一个亲人一样。但是书渐渐地往后面退去了。过了一会儿我再往下看,已经看不见它的一点踪迹。这样大的海洋里,一本小小的书!

吉卜赛姑娘的歌的最后两句,还在我的眼前荡漾,我怅惘地轻轻把它们念了出来:

Morti, O, morti,

Mi devas sen vi! [①]

[①] 世界语:"死,哟,死,我应当没有你!"

伊利沙白与来印哈德

为了纪念《茵梦湖》的坠海,我就使里面的男女主人公在船上复活起来。

这时候船上有两个法国小孩,女的大约有七岁,男的比她小一岁的光景。他们两个常常在一处玩,而且玩得很亲密,真有点像《茵梦湖》第二章《儿时》里所描写的来印哈德和伊利沙白。所以我就用那两个名字称呼他们。

来印哈德和伊利沙白是在这只船上认识的。来印哈德同他的父母一块儿旅行。伊利沙白是跟着她的母亲和两个姨母上船的。他们很快地成了亲密的小伴侣。

有时伊利沙白拿了朱古律糖①上甲板来,看见来印哈德,便分几块给他吃;来印哈德有玩具也拿出来和她同玩。

我们的海轮在西贡装了许多袋米,一到新加坡这些米袋就被人搬下去了,散落了好些白米在甲板上。伊利沙白和来印哈德两个便一把一把地将白米拾起来,装在他们的木碗里,说是要拿去做饭呢!

在海上我们常常看不见什么东西,所以一有船来,大家都非常高兴地抢先去看它,就像它是一个熟朋友。这时候来印哈德便高叫"bateau②!"伊利沙白也跟着跑去。

船上还有一个两岁多的小孩名叫利利的,也很可爱。他有时也跟他们两个在一起玩。有一次三个小孩都爬在货舱的舱板上面玩什么游戏。后来伊利沙白和

---

① 朱古律糖:现在的译名就是巧克力。
② bateau(英语):船的意思。

来印哈德都爬下来了,而利利却站在上面不敢动,高声叫:"利利要下来!"他的母亲才跑过来把他抱了下去。

(以上两篇,初收《海行》,现根据《巴金全集》第十二卷收入本书)

平津道上

火车九点一刻从天津东站开出,我八点三刻以前上车,可是三等车里已经没有一个空位了。

头二等车厢里没有几个乘客,座位空着,让灰尘占据了那些柔软的皮垫子。隔壁是三等车厢,两扇门分隔了两个世界。三等车厢里的拥挤,叫人想象不到。我推开门,看见到处都是人头,耳边不用说是嘈杂的谈话声。窗户全关着,车厢里充满了热气和烟雾。

我提着一个藤包,走过一个车厢又一个车厢,在人丛中穿来穿去。倘使我看见一张准备给三个人坐的长椅上只坐了两个人,在那里停留一下,打算请那两位客人让给我一点地方,那时候就会有一些箭镞似的憎厌的眼光射在我的脸上、身上。要是我居然放下藤包,冒险说出请让一点地方的话,结果就会得到意外的答复:"这儿有人。"

我只得拿起沉重的藤包往另一个车厢走去,心里想今天恐怕会"站"到北平了。

在最后一个车厢里,我终于找到了座位,在一张三人坐的长椅上坐下了。虽然那里已经铺了毯子,但是先来的一个客人并不拒绝我。

我在车上等了快半点钟,火车开行了。依旧没有人开窗,车里很闷热,到了总站,上来了两个客人(上车的自然不止两个,不过我只注意到两个),于是那个坐在我对面的客人站起来坐到我这一边,把两个空座位让给他们,每一边各坐三个,身材差不多。对面中间坐的一个戴黑眼镜、穿长袍马褂、钮扣上挂着天津律师公会的证章。他借了我买的报看,他买了樱花糖吃，他还说中原公司的樱花糖比车上小贩卖的更便宜，更好。

车上忽然响起了京戏中青衣的尖声，就在我们的后面。好些人站起来伸着头往后面一个角落里看，律师和他的两个朋友也不是例外。他们带笑地接连说："话匣子。"我知道北方人口里的"话匣子"就是留声机。

律师的朋友离开了座位，又走回来。他说："他们一定是考学校落了第的。"

"他们多半考戏剧学校罢，"律师很聪明地说。

"他们有话匣子，一定是有钱人。有钱人的子弟不会用功念书的，"律师的朋友这样地发议论。

律师微笑了。他那一对在黑色镜片下面闪烁的眼睛有着什么样的表情，我看不出来。

我站起来，走到那个角落里去看"话匣子"。这个东西在两个学生中间占了一个座位，机器转动，唱片也转动，戏一出一出地接连唱下去。学生，一个穿长袍,一个穿西装,我看不出他们是不是去投考戏剧学校的。

我回到座位上来,车已经走了好远了。窗外的景象很荒凉,好些田地被水淹没了。几棵树孤单地立在水里,水上飘浮着枯草,人在田里撑船,人还下了网在田里捕鱼。

时间似乎过得很慢,车厢里依旧很闷热。我把我带在身边的一本斯托姆的《迟开的蔷薇》①翻开来读,从昨天在津浦车上中断的地方继续读下去:

龙骨在水上滑动。在寂寞的正午,伊莎德坐在甲板上。夏天的风吹拂着她的金发;可是泪珠充满了她的眼睛。她悲伤地思念家乡,又恐惧地想到异邦的景象,到了那里她就应该做老王的妻子。特列斯坦想安慰她,却被她拒绝了;她恨他,因为他杀死了她的叔父莫洛特。

空气闷热,她口渴了。舱房里有"爱的药酒",这

---

① 《迟开的蔷薇》:《茵梦湖》作者的短篇小说,原名"Späte Rosen"。

是准备用来燃起伊莎德对老新郎的情焰的。一个年轻的宫女说:"看,这儿有酒!"特列斯坦无心地顺手把酒杯递给了王后。

这是哥特弗利特①的名著《特列斯坦与伊莎德》里面的故事,是十三世纪的作品了。特列斯坦替舅父马克王亲迎王后伊莎德,陪伴她坐船回国,在船上因为"爱的药酒"的魔力,两个人发生了恋爱,悲剧就这样地产生了。

她踌躇地端起杯饮,她的心很沉重,

她把杯递还给他,他也饮了杯中的酒滴。

的确正如斯托姆所说,我也看见古诗人的魔力在散布了,这样的诗句使我也生活在书本里面。我听不见了青衣们的戏,因为"话匣子"已经哑了。许多人垂着头在打盹。车里的空气也很闷热。火车不停地向前跑,发出单调的叫声。七百年前的诗人的图画像薄

---

① 哥特弗利特·冯·司特拉斯堡:十二世纪末到十三世纪初的德国诗人,《特列斯坦与伊莎德》这首长诗还没有写完,哥特弗利特就死了。

雾似地慢慢地升了起来。

我仿佛看见那一对年轻爱人出现在我的面前。他们肩并肩地靠在船边，眼睛望着水面，沉醉地谈着奇怪的话，谈着海和雾，谈着风和水，还谈着许多渺茫的远方的事情。

我也仿佛饮了魔术的酒了。这诗篇好像给我唤醒了另一个世界，我在生活里简直没有注意到它，就让它沉睡了这许多年。但是现在德国的古诗人却逼着我跟着特列斯坦和伊莎德去接受他们的命运了。

"爱的药酒"评实了它的效力，美丽的伊莎德和特列斯坦不能够彼此分离了。做舅父的老王把他的外甥和他的王后流放到远方去。这一对爱人就给古诗人引入无人迹的荒地去了。

空气闷热，我的心也渴了。"爱的药酒"的魔力继续发展下去：

没有人窥探他们的踪迹。太阳照耀着。草放出了芳香。广大的荒原上就只有他们两个人。陪伴他们的还有微语的森林和隐身在高空的小鸟的歌唱。他们浴着夕阳在草原上徘徊,听着冷泉的声音;他们坐在菩提树下回头望那个岩洞,那儿就是他们过夜的地方。早晨太阳一出,他们就起身骑着马驰过露湿的荒野,手里握着弓箭,两匹马紧紧靠着,伊莎德的金发拂着特列斯坦的肩头。

慢慢地,慢慢地那一对年轻爱人唱着爱之高歌骑着两匹白马向远方走去,消失在露湿的草原的深处去了。我仿佛看见茂盛的野草吞食了他们。但是伊莎德的金发还在我的眼前荡漾。草原的香气包围着饮了药酒的我。

我的眼睛呆呆地望着远处,望着窗外的枯黄的高粱,火车单调地叫着。于是列车进了站,在丰台停了。

"离北平只有三十里了,"律师的朋友说。

"明年我不到青岛就要到上海去,"律师说,上海两个字似乎是想了好久才说出来的。

"要是带了嫂子去,至少要花五百洋钱,"律师的朋友羡慕地说。

"要是两处都去不成,我明年一定到济南府去,"律师坚决地说。

"济南府没有什么好玩,"朋友这样地接下去。

又提到律师的儿子,律师说给这小孩起名叫"桐林",因为他五行缺木。

于是律师又一次微笑了。那对神秘的黑眼睛突然变大起来,给我遮住了一切。茂盛的草原,伊莎德的金发全没有了,我的手里只有一本破旧的小书,我并不曾饮过"爱的药酒",我不过在混乱的现实里做了一个梦。先前我是拿幻梦欺骗了自己。

我用力抖了抖身子,为了证明我已经从梦里醒了过来。我把眼睛掉向四处看,都是些受苦的黄脸。没有美人伊莎德,没有勇士特列斯坦。"爱的药酒"是不存在的。它不能鼓动我的心。我的心已经献给一个巨大的斗争了。

我埋下头看手里的破书,书页已经给我翻破了,因为这些时候我就拿了它来温习德文。这一本破书能够有什么力量呢，为了唤起那个已经给我埋葬了的世界？我把小书放回在衣袋里。我说我以后不要再读它了。

啊，青春啊！美丽的蔷薇花开的时候。

我念着书里的最后一句诗，我并没有感伤，因为我知道我的青春是不会消失的。

火车已经进了城，乘客中起了一阵骚动，再过一会儿，在十二点零七分的光景，火车进了正阳门车站。

1933年9月在北平

（本文初收《旅途随笔》，现根据《巴金全集》第十二卷收入本书）

《巴金译文全集》第六卷代跋（节选）

我少年时期就喜欢念斯托姆的小说，特别是郭沫若翻译的《茵梦湖》。二五年我学习世界语的时候也曾背诵过世界语译本，这本书我去法国时带在身边，却没有想到邮船过印度洋时，我在三等舱甲板上失手把这本书落在海里。我极为懊丧。几年后我在上海友人那里看到一本《迟开的蔷薇》，是日本出版的袖珍本，作为德文自修课本用的，还有日文的解说。我向朋友把书要了来放在外衣口袋里，有空就拿出来念几段，我还可以背出一些。

记得一九三三年,我从天津三哥宿舍去北京沈从文家时,《迟开的蔷薇》就放在我的口袋里。所以,我的一篇散文《平津道上》里面引用了德国小说家的文字。

四三年我在桂林,从朋友陈占元那里借到斯托姆的《夏天的故事》(德文)拿回家去随意朗诵,有时动笔翻译几段,居然把《蜂湖》(《茵梦湖》)等两篇译完了。后来选出《迟开的蔷薇》等三篇集成了一个小册子在桂林发行。我曾写"后记"介绍,我说:"我不想把它介绍给广大的读者。不过对一些劳瘁的心灵,这清丽的文笔,简单的结构,纯真的感情也许可以给少许安慰吧。"这是我当时的看法,今天我还是这样想。《在厅子里》这一篇也是从《夏天的故事》里翻译出来的,在友人熊佛西编的刊物上发表过,不曾收入集子。这次来不及修改了,就收在这个集子里面吧。

巴金
一九九六年一月十二日

图书在版编目（CIP）数据

迟开的蔷薇/（德）斯托姆著；巴金译.-- 杭州：浙江文艺出版社，2019.1
ISBN 978-7-5339-5481-9

Ⅰ.①迟… Ⅱ.①斯… ②巴… Ⅲ.①短篇小说—小说集—德国—近代 Ⅳ.①I516.44

中国版本图书馆CIP数据核字（2018）第263550号

统　　筹：曹元勇
特约策划：巴金故居　草鹭文化
责任编辑：李　灿
特约编辑：李云白　庄馨丽
封面设计：周伟伟
责任印制：吴春娟

迟开的蔷薇

[德] 斯托姆　著
巴　金　译

出版：浙江文艺出版社
地址：杭州市体育场路347号　邮编：310006
网址：www.zjwycbs.cn
经销：浙江省新华书店集团有限公司
印刷：上海中华商务联合印刷有限公司
开本：787毫米×1092毫米　1/32
字数：54千字
印张：4.375
插页：7
版次：2019年1月第1版　2019年1月第1次印刷
书号：ISBN 978-7-5339-5481-9
定价：36.00元

版权所有　侵权必究

（如有印、装质量问题，请寄承印单位调换）